AF150284

ERICH SKOPEK

FORTSETZUNG FOLGT – *nicht*

novum pro

Dieses Buch ist auch als
e-book
erhältlich.

w w w . n o v u m v e r l a g . c o m

Bibliografische Information
der Deutschen Nationalbibliothek:

Die Deutsche Nationalbibliothek
verzeichnet diese Publikation in
der Deutschen Nationalbibliografie.
Detaillierte bibliografische Daten
sind im Internet über
http://www.d-nb.de abrufbar.

Gedruckt in der Europäischen Union
auf umweltfreundlichem, chlor- und
säurefrei gebleichtem Papier.

© 2023 novum Verlag

ISBN 978-3-99146-205-7
Lektorat: Isabella Busch
Umschlagfotos: Erich Skopek,
Vasyl Helevachuk,
Christasvengel I Dreamstime.com
Umschlaggestaltung, Layout & Satz:
novum Verlag
Autorenfoto: Christine Enne

www.novumverlag.com

Climate neutral
Print product
ClimatePartner.com/16547-2201-1002

Zu ‚Fortsetzung folgt – nicht' wurde ich durch das periodische Vorlesen in einem Seniorenheim inspiriert. Auch die älteren Damen und Herren betrachten die vorgetragenen Texte kritisch. Und da gute Geschichten Mangelware sind, begann ich, selbst welche zu schreiben. Schlussendlich sollen die selbst verfassten Kurzgeschichten in einer umfangreichen Familiensaga enden. Daher ist der Titel ‚Fortsetzung folgt' keine leere Drohung. Zu sagen wäre noch, dass sich nicht alle Geschichten zum Vorlesen in einem Seniorenheim eignen, da manche von ihnen Themen berühren, die ältere Menschen vielleicht nicht mehr so stark bewegen. Sie sind aber für das Gesamtverständnis der Geschichte unumgänglich. Der Vorleser ist daher gefordert, eine Auswahl je nach Zuhörerschaft zu treffen. Die oftmalige Wiederholung grundlegender Wahrheiten ergibt sich daraus, dass die vorliegende Erzählung abschnittsweise vorgelesen wird und daher dieses Stilmittel nicht vermeidbar ist.

Friedrich Baumgartner war mit seinen einhundertfünfundachtzig Zentimetern Größe und seiner sportlichen Figur eine stattliche Person. Seine vierundsechzig Jahre sah man ihm nur an, wenn er manchmal spätabends aus seiner Fabrik kam. Gekleidet war er meistens mit einem Anzug, einer Krawatte und einem weißen Hemd. Ganz anders als auf dem Golfplatz, wo er sich völlig leger gab. Aber auch dort zeigte er, wer der Platzhirsch war und erwartete, dass die anderen auf dem Rasen ihm Respekt und Achtung entgegenbrachten. Dies gefiel so manchem Arzt oder Hofrat in keiner Weise.

Auch zu Hause erwartete er, dass alle nach seiner Pfeife tanzten. Vor allem Baumgartners Sohn schmeckte das gar nicht, während es seiner Tochter ziemlich egal war. Sie war ohnehin selten zu Hause. Aber mit seinem Sohn hatte Baumgartner so manche Auseinandersetzung, die sich oft an Kleinigkeiten entzündete. Auch Friedrichs Frau betrachtete ihren Mann Jahr für Jahr immer kritischer, denn sein Lebensstil wurde immer protziger. Ein großes Auto allein reichte nicht mehr, nein, es mussten eine teure Stereoanlage und eine kleine Bar aus den edelsten Hölzern in die Limousine eingebaut werden. Die besten Ledersitze waren gerade gut genug. Auch sonst war alles vom Feinsten.

Auch die kleine Jacht in Kroatien war äußerst luxuriös. Außen und innen mussten die besten Materialien verwendet werden. Jeder sollte sehen, wie viel Geld dafür bezahlt worden war. Innen an den Wänden hingen zwei teure Bilder mit Motiven aus der Wachau, gemalt von einem bekannten Künstler aus Krems, und das Porzellan war natürlich auch vom Feinsten. Meissen stand auf jedem Stück und die gekreuzten Schwerter waren deutlich auf der Rückseite zu sehen. Silberbesteck und kunstvolle Gläser verstanden sich von selbst. Küche und Wohnraum, in dem man repräsentieren konnte, waren von einem Tischler aus den teuersten Hölzern gefertigt worden. Alles in allem: Hier konnte Friedrich Hof halten vor seinen Kunden und seinen Freunden, die sich immer zahlreich einfanden. Standesgemäß, so nannte er sein Reich.

Ebenso zeugte sein Haus mit seiner teuren Fassade und der luxuriösen Inneneinrichtung von seinem Reichtum. Baumgartners Lebensphilosophie bestand darin, seine Firma immer größer und größer werden zu lassen und neue Absatzmärkte zu erschließen. Reichtum war sein Lebensziel. Begonnen hatte er mit einer kleinen Schlosserei, die er kontinuierlich ausbaute. Aus einer Eingebung heraus begann Friedrich Spezialschrauben herzustellen. Diese wurden so nachgefragt, dass er sie nun fabrikmäßig herstellte. Natürlich gab es hie und da noch Spezialanfertigungen, die hauptsächlich beim Bau von Aussichtswarten Verwendung fanden. Im sonnigsten Bundesland seiner Heimat wurde die höchste Holzaussichtswarte mit hundert Metern Höhe erbaut. Alle Schrauben, von den größten bis zu den kleinsten, kamen aus seinem florierenden Werk. Das sorgte auch im Ausland für einen guten Ruf seiner Produkte und sicherte neue Absatzmärkte.

Baumgartner plante, sich in einigen Jahren auf seinen Lorbeeren auszuruhen und sich aus dem Berufsleben zurückzuziehen, um dann nur noch die Sonnenseiten des Lebens zu genießen. Und das in vollen Zügen. Das war sein Traum. Er sah sich schon in einer Villa am Meer die Sonnenauf- und -untergänge genießen. Auf der Terrasse wollte er nur die besten Weine trinken, und die passenden Speisen dazu schmeckte er schon fast auf seiner Zunge. Dass seine Kinder sein Lebenswerk fortführen würden, war für ihn ausgemachte Sache. Doch davon später.

Bei all seinem Schaffen und seinem Lebensstil kam Friedrichs Familie immer zu kurz. Statt teurer Geschenke hätten Baumgartners Kinder gerne Zeit mit ihrem Vater verbracht. Statt luxuriöser Reisen und exklusiver Partys wäre seine Frau lieber allein mit ihrem Mann in ein kleines Hotel in den Bergen in Urlaub gefahren. Es musste nicht immer St. Moritz sein, ein kleines Dorf in den Tiroler oder Vorarlberger Bergen wäre eher nach ihrem Geschmack gewesen. Sie konnte der High Society und der Seitenblicke-Gesellschaft ohnehin nichts abgewinnen.

Als es wieder einmal zwischen den beiden Ehepartnern kriselte, platzte der Frau der Kragen: „Was hast du von all deinem Luxus, den du in der Pension genießen willst, wenn du dich jetzt für die Firma aufreibst? Deine ganze Kraft und Zeit investierst du in sie. Friedrich, dass eine Firma zu führen nicht leicht ist, verstehen wir alle, aber wenn du jetzt keine Zeit für uns hast, könnte es ein für alle Mal zu spät dafür sein. Eines Tages werden die Kinder aus dem Haus sein und wie es einmal mit der Firma weitergehen wird, ist auch noch nicht ausgemacht. Und vor allem bedenke eines: Du wirst dir einmal nichts mitnehmen können – so wie du in die Welt gekommen bist, so wirst du sie auch wieder verlassen: ohne teures Haus, ohne Jacht und ohne deine teuren Abendgesellschaften. Denn deine Freunde, die nur um dich sind, weil sie das luxuriöse Leben genießen, wirst du auch nicht ewig um dich herumhaben."

Da lachte Friedrich Baumgartner und sagte zu seiner Frau: „Diesen Gefallen mache ich euch noch lange nicht. Ganz sicher nicht. Der Tod ist noch so weit weg, ich will nicht an ihn denken. Ich habe schließlich hart gearbeitet, bis an meine Grenzen, um mir eine sorgenfreie Zukunft zu sichern. Ich will meinen Luxus schließlich noch länger genießen. Was sollen diese Gedanken vom Tod? Darüber philosophiere ich nicht. Das ist was für alte Frauen oder greise Männer. Aber nicht für mich." So redete er noch lange weiter und erzählte seine Lebensgeschichte, indem er immer wieder darauf hinwies, was er alles geleistet hatte. Nachdem er sich so in Rage geredet hatte, brauchte es länger, bis er mit seiner Prahlerei endlich aufhörte. Dann legte er sich im getrennten Schlafzimmer nieder.

Als in der Früh Friedrich Baumgartner nicht zum Frühstück erschien und um zehn Uhr immer noch nicht bei Tisch saß, ging seine Frau in sein Zimmer, um nachzusehen. Als sie die Tür öffnete, hallte ihr lauter Schrei durchs Haus, denn Friedrich lag tot im Bett: ohne Auto, ohne Jacht und auch ohne seine Freunde, die immer gerne zu den Partys gekommen waren. Er war an einem Herzinfarkt gestorben. Wahrscheinlich hatte er doch nachgedacht, und sich viel zu viel aufgeregt über die Unterhaltung mit seiner Frau. Es war doch nicht alles leeres Geschwätz, wie er am Vortag behauptet hatte.

So ergeht es einem, der in seinem Leben Schätze ansammelt, ohne die wirklich wichtigen Fragen zu stellen. Fragen nach dem Sinn im Leben, die Frage nach Gott und einem Leben nach dem Tod. Vielleicht kommt der Leser einmal in Baumgartners Heimatdorf an seinem Grab vorbei. Auf dem teuren Grabstein steht: Arbeit war sein ganzes Leben. Aber das könnte auch auf dem Grabstein eines Packpferdes stehen.

Wer die Firma nun übernehmen sollte, war zu Baumgartners Lebzeiten nicht geregelt worden. Er hätte es gerne gesehen, wenn beide Kinder die Firma nun gemeinsam geführt hätten, indem sie sich die Aufgabengebiete teilten. Einige Tage nach dem Begräbnis rief die Mutter Tochter und Sohn zu sich, um über die Zukunft zu reden. Zuvor hatte sie einen Nussstrudel gebacken und eine Kanne Kaffee auf den Tisch gestellt, denn Frau Baumgartner dachte, dass es sich in einer gemütlichen Atmosphäre besser reden ließ.

Aber kaum hatte die Tochter von ihrem Kaffee genippt, ergriff sie das Wort und begann mit lauter Stimme: „Ich habe überhaupt kein Interesse an der Firma. Mich interessiert sie in keiner Weise. Ich will mir die Welt anschauen und nicht von der Arbeit erdrückt werden." Denn obwohl sie sich zu Lebzeiten des Vaters auch nicht um das Werk gekümmert hatte, wusste sie sehr wohl, dass das Führen einer Firma kein leichtes Unterfangen war. Baumgartners Sohn dagegen war – zumindest teilweise – mit der Firma vertraut und kannte grob die Abläufe und wirtschaftlichen Verbindungen.

„Ich möchte, dass du mich ausbezahlst", sagte Friedrichs Tochter zu ihrem Bruder. „Wo soll er denn so viel Geld hernehmen?", warf die Mutter berechtigterweise ein. „Ich werde die Firma schätzen lassen", meinte Friedrich junior, „und dann eine Entscheidung treffen." Vierzehn Tage brauchte er, um die erforderlichen Unterlagen durchzusehen. Dann überlegte er, wie er den Betrag für seine Schwester aufbringen könnte. Er würde die Jacht verkaufen und einige Grundstücke noch dazu. Einiges Bargeld war in der Firma auch noch vorhanden. Die Jacht war bald verkauft, auch wenn der Erlös unter ihrem wahren Wert lag. Die Grundstücke dagegen erzielten hohe Preise. So hatte er in wenigen Monaten die Summe beisammen, um seine Schwester Renate auszubezahlen.

Kaum hatte Renate das Geld auf ihrem Konto, ging es auch schon los. Sie verlegte ihren Wohnsitz nach Spanien, kaufte sich dort ein kleines Haus und begann ein verschwenderisches Leben. Es verging keine Woche, in der nicht eine tolle Party stieg. Renate kaufte ihre Kleider in den teuersten Boutiquen, und auch beim Essen und für die erlesenen Weine gab sie zu viel Geld aus. Am Anfang, als noch viel Geld vorhanden war und sie es großzügig ausgab, hatte sie genug Freunde und Freundinnen, die es sich auf ihren Festen gut gehen ließen. Sie wurde umworben, man schmeichelte ihr, bewunderte ihr Aussehen und lobte sie. Aber das Geld war nach einem halben Jahr ziemlich aufgebraucht. Auch wenn sie immer noch ihre vermeintlich guten Freunde zu den Partys einlud, die Weine waren nunmehr vom Supermarkt und nicht mehr von der Vinothek. Das Essen konnte sie nicht mehr vom Feinkostladen beziehen, nun mussten Sonderangebote herhalten. Auch an ihren letzten Einkauf in der Boutique konnte sie sich bald nicht mehr erinnern.

Je preiswerter das Essen wurde, desto weniger Freunde kamen. Renate war nun nicht mehr die umworbene Partykönigin, sondern teilweise zogen sich ihre Freundinnen und Freunde zurück und mieden ihre Gesellschaft. Irgendwann war es so weit, dass sie das liebgewonnene Häuschen verkaufen und in eine kleine billige Wohnung ziehen musste. Schließlich blieb sie dort mehrere Monate hindurch ihre Miete schuldig und kaufte ihre Lebensmittel in Sozialmärkten. Der Abstieg kam nicht plötzlich, aber er war hart. Eines Tages stand der Gerichtsvollzieher vor ihrer Tür. Aber er fand keine pfändbaren Gegenstände vor und es dauerte dann auch nicht mehr lange, bis Renate zwangsgeräumt wurde.

Anfangs lebte sie in Abbruchhäusern oder in Rohbauten, die noch auf ihre Fertigstellung harrten. Die wenigen Sachen, die ihr geblieben waren, hatte sie in einem Rucksack verstaut. Die Freunde von früher wollten sie nicht mehr kennen und als Renate sie um Geld bat, drehten sie sich wortlos um. Das Essen musste sie sich zusammenbetteln und sie konnte keine Ansprüche mehr an das stellen, was ihren Hunger stillte. Zeitweise fand sie Arbeit in einer Gemüsegärtnerei, wo sie nach Herzenslust in die geernteten Früchte, die unverkäuflich waren und natürlich auch anfielen, beißen durfte. Aber Arbeit gab es nur zur Erntezeit und sie war nebenbei auch schlecht bezahlt. Zwischendurch lebte Renate wieder auf der Straße und bettelte.

Eines Tages, als gerade Tomaten geerntet wurden und Renate sich in der Pause zum Ausruhen auf den Boden setzte, dachte sie sich: *Die Arbeiter in der Firma meines Bruders haben ein geregeltes Einkommen, ein gemütliches Zuhause, vielleicht Familie – und was habe ich?* Es fiel ihr nicht leicht, eine Entscheidung zu treffen, wieder nach Hause zurückzukehren. Aber sie überlegte bereits, was sie der Mutter und dem Bruder sagen sollte. Vielleicht hat mein Bruder in seiner Firma einen Job für mich, sagte sie zu sich selbst. Dieser Gedanke ging ihr durch den Kopf und sie entschloss sich, noch heute nach Hause aufzubrechen. Das wenige Geld, das ihr der Gärtner ausbezahlte, reichte gerade für eine Fahrkarte und ein bisschen Essen.

Als Renate in ihrer Heimatstadt ankam und nur noch einige Meter von zu Hause entfernt war, erblickte ihre Mutter sie. Voll Liebe lief sie der heruntergekommenen Gestalt entgegen und umarmte sie. „Wir werden ein großes Fest feiern und eine Menge Leute einladen, damit sie mit mir und deinem Bruder feiern können." Auch der Pfarrer wurde eingeladen und kam gerne. Bevor er vor dem Essen das Tischgebet sprach, hielt er eine kurze Rede, denn er kannte das Geschick der Familie. Er begann zu sprechen: „Die Umstände dieser Familie erinnern mich an die Geschichte des verlorenen Sohnes aus dem Lukas-Evangelium. Nur ist es hier die Tochter, die zurückgekehrt ist."

Nach dem Gebet ergriff Friedrich junior das Wort: „Die ganze Zeit habe ich in meiner Firma geschuftet, viele Abende und Wochenenden habe ich dort verbracht, um das Werk am Laufen zu halten. Aber für mich hast du kein Fest ausgerichtet, Mutter." Da erhob sich der Pfarrer zum zweiten Mal und sagte: „Deine Schwester war weg und nun ist sie wieder da. In abgetragener Kleidung und hungrig kam sie die letzten Meter den Hügel herauf. Nun seid ihr wieder vereint. Wenn das kein Grund zum Feiern ist."

Am Abend, als Friedrich junior im Bett lag, ließ er den Tag noch einmal Revue passieren. Besonders die Worte, die der Pfarrer vor dem Gebet und nach Baumgartners Rede gesprochen hatte, hatten ihn ins Herz getroffen. Gern hätte er die Bibelstelle, die zitiert wurde, gelesen. Er stand nochmals auf und ging in die Bibliothek seines verstorbenen Vaters. Da er kein System erkannte, nach dem die Bücher geordnet waren, machte er sich auf eine längere Suche gefasst. Er fand jede Menge Literatur über Betriebswissenschaft, über Computer und Steuerrecht. Nachdem er mehr als die Hälfte der Bücher durchgesehen hatte, fand er einige klassische Werke, Goethes ‚Faust', Shakespeares ‚Sommernachtstraum' und Schillers ‚Die Räuber'. Aber eine Bibel fand er nicht. Die diversen Lexika sah er nur mehr oberflächlich durch. Nach einiger Zeit gab er seine Suche auf, um wieder ins Bett zu gehen. Er wälzte sich stundenlang herum, ohne Schlaf zu finden. Bevor er es dann endlich schaffte einzuschlafen, fasste er den Entschluss, am nächsten Tag eine Bibel zu kaufen.

Früh am Morgen nach dem Frühstück fuhr er in die Firma, um nach dem Rechten zu sehen. Er prüfte die Lagerbestände für den nächsten Monat und sprach mit der Sekretärin in seinem Büro. Als er meinte, dass alles in Ordnung sei, fuhr er in die nächste Stadt. Einen Parkplatz zu finden war nicht leicht, deshalb musste er ein größeres Stück des Weges zu Fuß gehen. Dabei konnte er seinen Kopf wieder klarkriegen und seine Gedanken ordnen. Denn das hatte er bald erkannt, eine Firma allein zu führen und die Verantwortung dafür zu haben, war nicht einfach. Er überlegte, seine Schwester zu fragen, ob sie in die Firma einsteigen wollte. Das war sicher nicht leicht, denn Renate hatte eine künstlerische Ausbildung absolviert und unterrichtete ‚Bildnerische Erziehung' in einem Gymnasium. Aber Baumgartner junior konnte sich vorstellen, dass sie die Werbung und die Vermarktung übernahm.

Endlich war er in der Buchhandlung angekommen. Die Verkäuferin legte ihm mehrere Ausgaben der Heiligen Schrift vor. Friedrich sagte, er suche eine moderne, aber textgetreue Ausgabe. Zwei Bände legte ihm die Fachverkäuferin vor, und Baumgartner nahm gleich die erste. Er bezahlte mit der Bankomatkarte und fuhr wieder nach Hause. Aber damit war das Problem noch nicht gelöst. Denn er wusste die Stelle nicht mehr, auf die sich der Pfarrer bezogen hatte. Baumgartner überlegte einige Zeit, dann rief er im Pfarramt an, wo er die richtige Auskunft erhielt. Die Stelle befand sich im Lukas-Evangelium, Kapitel 15 ab Vers 11.

Ein Mann hatte zwei Söhne und der Jüngere sagte zu seinem Vater: Ich möchte meinen Erbteil von deinem Besitz schon jetzt haben. Da erklärte sich der Vater bereit, schon jetzt das Erbe zwischen den beiden Söhnen aufzuteilen. Die Geschichte ging damit weiter, dass der Jüngere der Söhne das Vaterhaus verließ, um in die Ferne zu reisen. Dort verprasste er sein ganzes Erbe und wurde schließlich Schweinehirt. Spätestens da erkannte Friedrich, dass die Geschichte genau auf Renate passte.

So kehrte er zu seinem Vater zurück. Voll Mitleid und Liebe lief er seinem Sohn entgegen, so berichtet die Heilige Schrift weiter, *schloss ihn in die Arme und küsste ihn. Da sagte sein Sohn zu ihm: Vater, ich habe gegen Gott und dich gesündigt, ich bin es nicht mehr wert, dein Sohn zu heißen.*

Da erkannte Baumgartner seine Schwester in dieser Geschichte. Aber er erkannte auch sich selbst, als er weiterlas. Denn der Ältere der Brüder warf dem Vater vor, dass er ein großes Fest ausgerichtet hatte, um die Rückkehr des verloren geglaubten Familienmitgliedes zu feiern. Genauso wie er es getan hatte, er, der die ganze Zeit sich um den Betrieb gekümmert und die Mutter entlastet hatte. Auch war er auf Renate neidisch gewesen, obwohl er sich hätte freuen sollen, dass sie wieder zu Hause war. Lange saß er stumm da und dachte nach. Wie ungerecht er doch gewesen war, erkannte er nun. Aber irgendwie war er noch nicht zufrieden. Denn die Geschichte musste doch einen Sinn haben, was wollte sie uns denn sagen, überlegte er. Er, der noch nie in der Heiligen Schrift gelesen hatte, kannte natürlich die Zusammenhänge nicht. Aus seiner Schulzeit kannte er noch einige biblische Geschichten, aber sie hatten ihm damals nichts gesagt. Er war sich sicher, nicht von allein auf den Sinn dahinter zu kommen. Da suchte er im Internet nach einer Auslegung und wurde natürlich auch fündig.

Das ist die Geschichte eines oder des Menschen überhaupt, der sein Leben ohne den Vater, nämlich Gott, gestalten möchte. Er möchte sein Leben nach seinem eigenen Gutdünken und Willen gestalten. Der Mensch möchte nicht abhängig sein von Gott und wenn es geht, auch von sonst niemandem. Gemeinschaft wird ihm zum Problem. Meist merkt er nicht, dass sein Weg in die Irre führt. So wie es beim Sohn, der seinen Vater verlassen hatte, war. Aber der machte sich auf, wieder zum Vater zurückzukehren. Schmerzhaft hatte er feststellen müssen, dass er, auf sich allein gestellt, versagt hatte. Aber er kehrte um, machte sich auf den Weg zurück, um vom Vater in die Arme genommen und getröstet zu werden. Wenn wir Menschen uns nach Gott und nach einer Beziehung mit ihm sehnen und sich für ein Leben mit ihm entscheiden, dann nimmt er uns an, weil er uns liebt. Gott liebt die Menschen so sehr, dass Jesus Christus für uns am Kreuz starb, um unseren Leben Sinn zu geben, schon jetzt und für alle Ewigkeit.

Es war nicht das letzte Mal, dass Friedrich Baumgartner in der Bibel las. Die Geschichte vom verlorenen Sohn hatte einen inneren Hunger geweckt, einen Hunger, Antworten auf die großen Fragen im Leben zu bekommen: Wo komme ich her, was hat das Leben für einen Sinn und vor allem, was wird nach dem Tod sein? Gibt es ein Leben nach dem Tod? Darauf wollte der junge Firmeninhaber eine Antwort haben und dafür würde er sich auch die Zeit nehmen.

Friedrich junior begann nun täglich in der Bibel zu lesen. Bisher hatte ihn die Frage nach Gott kaum oder fast nicht beschäftigt. In einer Sache war er seinem verstorbenen Vater ziemlich ähnlich: Sein Streben nach Reichtum kannte keine Grenzen. In vielem überbot er den Gründer sogar noch. Seine Vorliebe für schnelle Autos war überall bekannt. Und hatte ihm schon viele Strafmandate eingebracht. Aber er bezahlte sie alle, wie man so sagt, aus der Portokasse. Friedrich junior lernte aber nichts aus seinen Eskapaden. Und natürlich durften auch die hübschen jungen Frauen nicht fehlen, die er immer wieder zu einer Ausfahrt einlud. Aber keine hielt es lange bei ihm aus. Seine Oberflächlichkeit und Sprunghaftigkeit befremdete sie alle. Kaum hatte er sich mit einer angefreundet und war mit ihr ein paar Mal in einem teuren Restaurant gesehen worden, flachte sich die Beziehung plötzlich wieder ab. Auch wenn sie Friedrich in ihrer Oberflächlichkeit oft ähnlich waren, hielten sie sein protziges Gehabe und seine Hochstapelei nicht lange aus. Immer stellte er sich als der Größte, der Beste und der Erfolgreichste dar. Das hinterließ bei den jungen Damen, die selbst gerne im Rampenlicht gestanden hätten, keinen guten Eindruck.

Und als Chef verbrachte er natürlich viel Zeit in der Firma. Er glaubte, alles selbst erledigen zu müssen und konnte nicht delegieren, denn er fand keinen gut genug und traute niemandem zu, selbstständig zu arbeiten. Sein Vater hatte die Firma anders geführt, hatte den Mitarbeitern Freiraum gegeben. Und die Angestellten lohnten ihm diese Art, das Unternehmen zu führen, mit Zufriedenheit, Fleiß und sorgfältiger Arbeit. Sein Sohn war gerade dabei, dieses Erbe zu verspielen. Es machte sich Unzufriedenheit bei seinen Angestellten bemerkbar. Überstunden wurden in Spitzenzeiten zwar geleistet, aber nur mit Widerwillen. Die positive Einstellung von früher änderte sich. Man arbeitete zwar von morgens bis zum späten Nachmittag, aber es fehlte die Freude an der Arbeit und die Mitarbeiter konnten sich nicht mehr so recht mit der Firma identifizieren. Das war ein schleichender Prozess, und selbst Friedrich bemerkte lange nicht, was sich verändert hatte. Und als er schließlich diese Veränderung wahrnahm, konnte er sich anfangs keinen Reim darauf machen. Bis er schließlich einige Angestellte und Arbeiter in sein Büro bat, um mit ihnen über diese schleichende Entwicklung zu reden. Die Mitarbeiter waren sehr offen und brachten ihre Anliegen vor. Friedrich hörte zu und versprach, seine Haltung zu ändern. Er bestellte einen Betriebsberater, der langsam die Weichen in die richtige Richtung stellte. Auch wenn es dem Chef schwerfiel, er ließ die Neuerungen zu und allmählich wuchs auch wieder die Zufriedenheit in der Firma. Man hätte sagen können, dass sich alles zum Besten wandte, wenn nicht ...

Es war spätabends, als der Chef wieder eine seiner Spritztouren unternahm. Es hatte geregnet, der Boden begann leicht zu gefrieren und die Straße wurde schnell eisig. Aber das hinderte Friedrich nicht daran, wieder voll aufs Gas zu steigen. Die Tachonadel stieg auf 100, 120 und 130 km/h und das auf der Landstraße und bei diesen schlechten Witterungsverhältnissen. Plötzlich gab es einen großen Krach und er kollidierte mit einem Alleebaum, der die Straße säumte. Polizei, Rettung und Feuerwehr kamen gleichzeitig. Mit schwerem Gerät schnitt ihn die Feuerwehr aus dem zertrümmerten Auto. Wer die Bilder am nächsten Tag im Fernsehen sah, konnte sich nicht vorstellen, dass der Fahrer überlebt hatte. Das Auto war schrottreif und wurde von einem Kranwagen abtransportiert. Nach der Erstversorgung brachte der inzwischen angeforderte Notarzthubschrauber den Schwerverletzten ins nächste Krankenhaus. Nach zweieinhalb Stunden gab die Polizei die Straße wieder für den Verkehr frei.

Im Spital wurde der Firmeninhaber sofort in die Notaufnahme gebracht. Dort wurden die notwendigen Untersuchungen durchgeführt. Friedrich Baumgartner war bei Bewusstsein, daher konnten die notwendigen Tests leichter durchgeführt werden. CT, Röntgen und Ultraschalluntersuchungen nahm der Primar der Abteilung selbst vor. Auch eine neurologische Untersuchung gehörte zum Standardprogramm. Die Ergebnisse ließen einige Zeit auf sich warten, waren aber den Umständen entsprechend nicht so schlimm. Es gab keine inneren Verletzungen, Baumgartner hatte sich aber komplizierte Brüche am rechten Ellbogen und am Knie zugezogen. Sollten die beiden Operationen erfolgreich sein, war mit keinen bleibenden Schäden zu rechnen. Er hatte also Glück im Unglück.

Schnell brachte man den Patienten in den Operationssaal, wo bereits der Anästhesist, der Chirurg und zwei OP-Schwestern warteten. Nach der Verabreichung des Narkosemittels dauerte es nur kurze Zeit, bis Friedrich in einen Tiefschlaf verfiel.

Nun kam es auf den Chirurgen an. Dieser begann den verletzten Ellbogen zu operieren. Um einen besseren Heilungsverlauf zu gewährleisten, entnahm er Baumgartner Gewebe aus dem Beckenknochen, um es im Ellbogen einzupflanzen. Dadurch sollte der Ellbogenknochen schneller zusammenwachsen. Der Arzt arbeitete sehr konzentriert und wurde, nachdem der Ellbogen verarztet war, von einem Kollegen abgelöst. Dieser widmete sich dem rechten Knie, wobei er ähnlich verfuhr wie der erste Chirurg. Auch er entnahm dem Beckenknochen Gewebe, um es in das verletzte Knie einzusetzen. Anschließend brachte man Baumgartner in den Aufwachraum.

Nachdem er wieder bei Bewusstsein war, bekam er ein paar Schluck Wasser zu trinken. Die Krankenschwester im Raum war sehr besorgt um Friedrich. Dieser fragte, ob er etwas zu essen bekommen könne, da er sehr hungrig war. Man brachte ihm eine leicht verdauliche Kleinigkeit für den ersten Hunger. Dann führte man ihn in sein Krankenzimmer, wo bereits der Leiter der Chirurgischen Abteilung auf ihn wartete. Dieser stellte noch einige Fragen, die der Firmeninhaber leicht benommen beantwortete. Als Baumgartner vollends zu sich kam, sah er am anderen Ende des Raumes ein weiteres Bett, in dem ein Patient mit eingegipsten Händen lag. Er war also in einem Zweibettzimmer gelandet. Dies machte ihm nichts aus, nein – er freute sich sogar darüber. Denn Friedrich hoffte, dass er mit dem Zimmerkollegen reden konnte, um die Langeweile im Krankenhaus besser ertragen zu können. Es dauerte nicht lange, bis die beiden Patienten miteinander ins Gespräch kamen. Sie stellten sich einander vor und tasteten sich mit Worten ab. Zuerst blieben die Gespräche an der Oberfläche, mit der Zeit aber fassten sie Vertrauen zueinander und die Gespräche gingen in die Tiefe. Wenn Otto Slamer, so hieß der andere Patient, Besuch bekam, spitzte Baumgartner die Ohren. Da es kurz vor Weihnachten war, drehten sich die Gespräche um die Geburt Jesu und was sein Kommen für uns bedeutet. Auch Friedrich bekam öfter Besuch von seiner Schwester und seiner Mutter. Die Gespräche drehten sich jedoch mehr um die Vorbereitungen für das Fest. Wer sollte unbedingt eingeladen werden, welches Mahl wollte man zubereiten und wer hatte sich um die Geschenke zu kümmern.

Friedrich Baumgartner erfuhr, dass er drei Tage vor Weihnachten das Spital verlassen konnte, ebenso wie sein Bettnachbar. Dieser hatte noch einmal Besuch von seinen Freunden und unterhielt sich angeregt mit ihnen. Obwohl er angestrengt zuhörte, verstand Friedrich nur Wortfetzen. Von ‚tausendmal in Bethlehem' und ‚doch verloren' war hier die Rede. Baumgartner konnte keinen Zusammenhang herstellen, wie sehr er sich auch bemühte. Nachdem Slamers Freunde gegangen waren, fragte der Firmeninhaber zaghaft nach den Worten, die er verstanden hatte. Da erklärte Slamer ihm, dass seine Freunde ein Zitat aus dem Cherubinischen Wandersmann von Angelus Silesius, einem deutschen Arzt und Dichter mit dem bürgerlichen Namen Johannes Scheffler, zitiert hatten. Es lautete:

> *Und wäre Christus tausendmal in*
> *Bethlehem geboren und nicht in dir:*
> *Du bliebest doch*
> *In alle Ewigkeit verloren*

Da Friedrich etwas erstaunt dreinblickte, versuchte sein Zimmernachbar diesen Ausspruch zu erklären. „Wir können Jahr für Jahr Weihnachten feiern", sagte er, „aber wenn wir nicht darauf vertrauen, dass Jesus Christus für unsere Sünden gestorben ist und wir durch den Heiligen Geist von Neuem, von oben her, geboren werden, so ist alles Feiern umsonst und wir müssen die Ewigkeit von Gott getrennt verbringen." Zwei Tage später wurden die beiden Patienten aus dem Krankenhaus entlassen. Davor hatten sie noch Telefonnummern und E-Mail-Adressen ausgetauscht. Im Spital hatte Baumgartner noch oft über dieses Zitat nachgedacht. Am Weihnachtsabend aber waren Friedrichs Gedanken weit weg davon. Es gab Weihnachten wie jedes Jahr: Weihnachtsbaum, das Lied ‚Stille Nacht,

Heilige Nacht', Geschenke und das üppige Weihnachtsessen. *Business as usual.*

Nach Weihnachten begann Friedrich Baumgartner mit seiner physikalischen Therapie. Unterwassergymnastik, Massagen und Lymphdrainagen standen auf dem Plan. Dreimal pro Woche erschien er im Krankenhaus und machte rasch Fortschritte bei seiner Genesung. In seinem Heimatort und in der Umgebung wurden diese Therapien nicht angeboten, und so musste er einen weiteren Weg in Kauf nehmen. Bevor er zur Therapie fuhr, die er immer am Vormittag hatte, schaute er noch in seiner Schraubenfabrik vorbei, um die entsprechenden Anweisungen für die Produktion zu geben. Um den Vertrieb brauchte er sich nicht zu kümmern, dafür war seine Schwester Renate zuständig. Nach der Therapie besuchte er ein in der Nähe gelegenes Kaffeehaus und genoss dort die Zeit. Nachmittags war Baumgartner dann wieder in der Firma und widmete sich den betrieblichen Angelegenheiten. Während seiner Abwesenheit vor Weihnachten war der Betrieb ganz normal weitergelaufen. Es hatte sich bewährt, dass er die Verantwortung auf mehrere Mitarbeiter aufgeteilt hatte. So gab es keine finanziellen Einbußen und alle Mitarbeiter hatten vor Weihnachten eine Extrazahlung zusätzlich zum Weihnachtsgeld erhalten.

Abends unternahm der Chef kleinere Spaziergänge, die er mit der Zeit weiter ausdehnte. Es war seine persönliche Auszeit zum Erholen und Schöpfen neuer Kräfte. Bei diesen kleinen Wanderungen über Agrar- und Forstwege reifte der Plan, eine kleine Reise anzutreten. Wohin wusste er anfangs noch nicht, aber nach und nach entschied er sich für eine Mittelmeerkreuzfahrt. Auch war es ihm zu Beginn nicht klar, ob er alles individuell oder eine Pauschalreise buchen sollte. Zu guter Letzt entschied er sich für eine Pauschalreise. Gesagt, getan. Nach der letzten Therapieeinheit fuhr Baumgartner zu einem Reisebüro und buchte eine Kreuzfahrt, die ihn nach Genua, Marseille und Civitavecchia führen sollte. Von Mar-

seille sollte es nach Avignon gehen und von Civitavecchia war
eine Fahrt nach Rom mit einer dreieinhalbstündigen Stadtführung geplant. Die Fahrt sollte zwei Wochen nach Ostern
beginnen und daher hatte Friedrich genügend Zeit, sich auf
die Reise vorzubereiten.

Endlich war der Zeitpunkt gekommen, die Reise zu beginnen.
Mit dem Bus ging es zuerst zu einem Hotel am Gardasee, wo
man die Nacht verbrachte. Ausgeruht sollte es am nächsten
Tag zum Hafen von Genua gehen. Nach dem Frühstück brach
die Reisegruppe auf und näherte sich dem Ziel, dem Hafen von
Genua. Es war geplant, sofort nach der Ankunft am Kreuzfahrtschiff einzuchecken. Daraus wurde aber zunächst nichts.
Eine Gruppe von Demonstranten, die gegen die Corona-Maß-
nahmen Stimmung machten, versperrte die Einfahrt. Es war
die übliche Mischung aus Radikalen, Esoterikern, Schwur-
blern und sonstigem Mob, die die öffentliche Ordnung störte.
Auch einige fehlgeleitete Christen befanden sich in der Menge.
Ungewöhnlich war, dass die Veranstaltung von einer Gewerk-
schaft, möglicherweise einer linken, ins Leben gerufen worden war. Baumgartner kannte sich zwar mit dem italienischen
Gewerkschaftssystem nicht aus, aber die Urheber für solche
Aktionen waren ja in erster Linie Radikale auf der einen oder
anderen Seite. Da die Demonstration angemeldet war, konnte
man auch abschätzen, wie lange sie dauern würde. Der Reiseleiter erkundigte sich bei der Polizei, die den Ablauf überwa-
chen musste und von wichtigeren Aufgaben unnötig abgehalten
wurde, bis wann mit einem Ende der Versammlung der fehl-
geleiteten und aufmüpfigen Masse zu rechnen sei. Der Chef
des Reiseunternehmens, der diesmal als Reiseleiter unterwegs
war, erinnerte sich an seinen Lateinunterricht und einen Ausspruch eines Philosophen, der genau hierher passte: ‚Die Straße ist die Politik des unzufriedenen Mobs‘. Weiterhin dachte
er an eine Nachricht auf seinem Handy, die er vor ein paar Tagen erhalten hatte. Jemand hatte das Lied, das zum Martins-
fest gesungen wird, mit neuem Text versehen:

Ich gehe mit meiner Psychose,
und meine Psychose, die geht mit mir;
Vorne marschieren die Recht(sextrem)en
und hinten marschieren wir.

(wie die Lemminge, dachte sich Wolfgang Kirchner, der Reiseleiter)

Der Busfahrer machte den Vorschlag, eine kleine Rundfahrt durch die Stadt zu unternehmen, um die verlorene Zeit zu überbrücken. Es war angedacht, einige Sehenswürdigkeiten zu besichtigen. Aus dem Bus heraus konnten die Reisenden die Kathedrale San Lorenzo, den Palazzo Reale und das Opernhaus bewundern. Von einem erhöhten Platz aus hatte man einen wunderbaren Blick auf den Leuchtturm von Genua. Mit seinen 76 Metern ist er der höchste Leuchtturm Europas. Der erste Turm wurde 1128 erbaut. Im Kampf der Genuesen gegen die französischen Heere wurde der Leuchtturm 1506 jedoch schwer beschädigt, danach aber wieder aufgebaut und seither gilt er als Wahrzeichen der Stadt. Aufgrund des dichten Verkehrs in der Innenstadt dauerte die Rundfahrt doch einige Zeit und der Bus brach danach wieder zum Hafen auf. Die Einfahrt zum Hafen war nun nicht mehr blockiert und der Bus fuhr zu einem der Hafengebäude. Nach einem Coronatest und einer Kontrolle des Gepäcks durften die Reiseteilnehmer auf das Schiff und ihre Zimmer beziehen. Das Reisegepäck war zwischenzeitlich in die Unterkünfte gebracht worden. Obwohl Friedrich Baumgartner nur eine Außenkabine gebucht hatte, war ihm eine Balkonkabine zugewiesen worden, da sich nur wenige Gäste an Bord befanden. Nach dem Einchecken mussten die Reisenden ein Notfallprogramm absolvieren, um für eventuell unvorhergesehene Fälle gerüstet zu sein.

Als er einige Stunden später in den Speisesaal kam, war dieser bereits fast bis auf den letzten Platz besetzt. Lediglich ein Zweiertisch war noch frei und Friedrich setzte sich auf einen der Stühle. Er orderte ein Bier und bestellte anhand eines Speiseplans, der bereits auf dem Tisch lag, sein Essen. Als der Kellner das Bier gebracht hatte, wurde Baumgartner von einer Frau um die Vierzig gefragt, ob bei ihm noch ein Platz frei wäre. Friedrich bejahte und sie setzte sich auf den freien Platz. Die Frau stellte sich als Beate Knopfler vor und aufgrund ihrer Aussprache war klar, dass sie aus der Schweiz stammte. Zu Beginn war Frau Knopfler sehr wortkarg und es dauerte eine Zeit, bis das Gespräch endlich in Gang kam. Sie erzählte, dass sie aus Bern sei und dort in einem kleinen Antiquitätenladen arbeite. Auch Baumgartner stellte sich vor und erzählte bruchstückhaft aus seinem Leben. Beate hörte aufmerksam zu und unterbrach ihn hin und wieder mit kurzen Zwischenfragen. Friedrich genoss ihre Aufmerksamkeit.

Nach dem Abendessen tranken sie noch ein Glas Wein zusammen in einer der Bars auf dem Schiff und nach einiger Zeit wünschten sie sich gegenseitig eine Gute Nacht. Die Schweizerin war mittlerweile gesprächiger geworden und hatte vorher noch erzählt, dass sie bereits vor vielen Jahren in Genua gewesen sei. Sie erzählte von ihrem Zusammentreffen mit einem österreichisch-schweizerischen Paar. Sogar an den Familiennamen der beiden erinnerte sie sich noch. Schäfer hatten die beiden geheißen, erklärte sie, Anna und Erwin Schäfer. Was sie damals mit ihnen erlebt hatte, wollte sie noch im Laufe der Reise erzählen.

Baumgartner war früh aufgestanden. Nach der Morgentoilette machte er sich unverzüglich auf den Weg zum Frühstücksraum. Er war einer der ersten Gäste. Nachdem er sich einen Platz reserviert hatte, indem er seinen Pullover auf einen Stuhl hing, machte er sich mit den angebotenen Speisen vertraut. Ein umfangreiches Sortiment an Käse, Wurst und Fisch sowie einigen Mehlspeisen war dazu gedacht, die Gaumen der Reisenden zu verwöhnen. Alle Speisen und Getränke wurden coronabedingt vom Personal gereicht. Bei der Auswahl am Buffet bestand Maskenpflicht, an die sich erstaunlicherweise alle hielten. Friedrich traf seine Auswahl aus dem umfangreichen Fischangebot, dazu wählte er zwei Croissants und Kaffee mit Milch und Orangensaft. Er brachte Teller und Tassen zu seinem Tisch und begann zu essen. Immer wieder schaute er nach dem Eingang, ob Beate auch zum Frühstück erscheinen würde. Er ertappte sich, dass er immer öfter Richtung Eingang schielte, ob sie käme. Er dachte an den gestrigen Abend und die Gespräche, die sie miteinander geführt hatten. Er erinnerte sich, dass sie ihm noch von ihrem ersten Aufenthalt in Genua erzählen wollte. Aber Beate kam nicht. Entweder war sie spät aufgestanden oder sie verzichtete einfach auf das Essen am Morgen. Nach einer Dreiviertelstunde stand Baumgartner auf und ging in den Theaterraum, wo sich bereits eine beträchtliche Anzahl von Menschen versammelt hatte, die auf die Vorstellung der heutigen Ausflugsfahrt nach Avignon, der Stadt der Päpste und Gegenpäpste, warteten. In einer kleinen Gruppe entdeckte er Beate. Sie war in ein Gespräch mit zwei Frauen vertieft. Friedrich wollte nicht stören und setzte sich auf einen bequemen Stuhl. Da entdeckte die Schweizerin ihn und kam auf Baumgartner zu. Sie begrüßten sich und Beate nahm neben Friedrich Platz, indem sie einen Stuhl zwischen ihnen ausließ. Die Anwesenden wurden vom heutigen Reiseleiter zuerst in italienischer Sprache begrüßt. Danach wechselte er in die deutsche Sprache. Er erklärte, dass das Schiff in der Nacht Genua verlassen hatte und in zwanzig Minuten in Marseille anlegen werde. Dort sollte es eine kleine Stadtführung geben, danach werde der Bus nach Avignon fahren. Während der Ausführungen hatte das Schiff angelegt. Die Teilnehmer des heutigen Ausflugs bewegten sich hurtig zum Ausgang und wechselten in den Bus, der bereits auf sie wartete.

Vom Anlegeplatz des Schiffes fuhr der Reisebus zum alten Hafen der Stadt. Dieser ist berühmt für seine vielen Jachten, die dort vor Anker liegen. Ebenso für seine stilvollen Cafés und Restaurants, in denen Fische und Hummer vom Fischmarkt angeboten wurden. Direkt am Hafen konnten sie das jahrhundertealte Fort Saint-Jean bewundern. Der Bus brachte sie danach auf eine kleine Anhöhe, von wo aus die Teilnehmer das Chateau d'lf sehen konnten. Dieses ungefähr eine Seemeile von der Küste Marseille entfernt liegende Gebäude war einstmals ein Gefängnis. In diesem ließ der Schriftsteller Alexander Dumas seine Romanfigur Edmond Dantes schmachten. Der spätere Graf von Monte Christo konnte aber von dort entfliehen und übte dann auf dem Festland Rache an seinen Feinden. Das Chateau wurde im sechzehnten Jahrhundert im mittelalterlichen Stil erbaut und steht heute unter Denkmalschutz. Nach den üblichen Fotos stiegen die Reisenden wieder ein und fuhren zur Basilika Notre-Dame-de-la-Garde. Das im neuromanisch-byzantinischen Stil erbaute Gebäude, das auf einem einhunderteinundsechzig Meter hohen Hügel steht, ist ein weithin sichtbares Wahrzeichen von Marseille. Die Kirche hat nur bescheidene Ausmaße und der Turm ist bis zur Galerie bloß einundvierzig Meter hoch. Aber das bescheidene Äußere wird durch die Innenausstattung wettgemacht. Nach der Besichtigung der Basilika drängten vor allem die Frauen in den Souvenirshop, um Geschenke und Andenken, die eher Staubfänger als künstlerisch wertvolle Gegenstände waren, zu meist überhöhten Preisen zu kaufen.

Friedrich war als einer der Ersten zum Bus zurückgekommen und eingestiegen. Nach und nach trafen auch die anderen Reisenden ein, bis auf eine Frau. Diese kam erst zwanzig Minuten später zum Bus und war sehr aufgeregt. Denn man hatte ihr die Geldbörse mit über siebenhundert Euro gestohlen. Die Frau hatte dieses üble Missgeschick bei einem Polizisten, der im Shop anwesend war, zur Anzeige gebracht. Da die Bestohlene der französischen Sprache nicht mächtig war und die Amtshandlung daher auf Englisch durchgeführt werden musste, hatte sich ihre Rückkehr verzögert. Obwohl sie von den meisten Mitreisenden bedauert wurde, stellte sich doch die Frage, warum sie das viele Geld nicht auf dem Schiff gelassen hatte. Denn jedes der Zimmer war mit einem Safe ausgestattet. Nach dieser Aufregung ging es weiter nach Avignon. Die Fahrt ging durch die Provence, die der Reiseleiter als eine der Traumdestinationen beschrieb. Diese Region wird durch ein sonniges Mittelmeerklima mit milden Wintern bestimmt. Sie ist sehr abwechslungsreich und reicht von den Ausläufern der Alpen im Westen bis zu den Salzwiesen und Salinen der Camargue im Osten. In der Antike war die Provence eine Provinz des Römischen Reiches und zahlreiche Gebäude, wie zum Beispiel das Aquädukt Pont du Gar, zeugen noch von dieser Zeit. In Avignon angekommen, führte der Reiseleiter die interessierte Schar durch die Altstadt mit wunderschönen Gebäuden. Bevor es zur Besichtigung des Papstpalastes ging, begeisterte der Reiseleiter die Anwesenden mit einer Unterbrechung für ein köstliches Mahl. Es gab typisch französische Speisen, dazu Wein und Mineralwasser. Während des Mittagessens unterhielten sich die Reisenden über das heute Gesehene und den Vorfall, bei dem der nicht unerhebliche Geldbetrag gestohlen worden war.

Nach circa einer Stunde ging es dann zum Papstpalast. Dieser war zwischen 1335 und 1430 die Residenz verschiedener Päpste und Gegenpäpste. Ob die Nachfolge dann auf den Richtigen überging, weiß niemand. Der Palast gehört zu den wichtigsten mittelalterlichen gotischen Gebäuden in Europa und ist Weltkulturerbe. Heute wird das Gebäude für zahlreiche Ausstellungen und Konzerte genutzt. Nach der Führung durch den Palast strömten die meisten Reisenden wieder in den Souvenirshop, um einzukaufen. Neben den Andenken gab es auch französischen Wein zu stolzen Preisen zu erwerben. Friedrich ging durch das Geschäft, ohne sich umzublicken. Nachdem die Geldtaschen der Reisenden mehr oder minder geleert waren, ging es zurück zum Bus und danach wieder nach Marseille zum Schiff, wo die Zeit zum Erholen von dem umfangreichen Ausflug genutzt wurde.

Am Abend setzte sich Beate Knopfler wieder zu Baumgartner. Sie wählten aus der Tageskarte die gewünschten Speisen und bestellten dazu Wein. Während des Essens sprachen sie über die Erlebnisse des Tages. Danach erzählte Beate von ihrer ersten Reise nach Genua vor vielen Jahren. Sie berichtete, wie sie das Ehepaar Schäfer kennengelernt und sie damals vorsichtig gefragt hatte, ob sie sich ihnen für einen Tag anschließen dürfe. Die Einladung zu einem Bummel in die Stadt, die das Ehepaar aussprach, war herzlich gewesen und bald erkannte sie, dass sie sich die richtigen Gesprächspartner ausgesucht hatte. Erwin Schäfer war wie Beate an den gesellschaftlichen Entwicklungen in Europa interessiert und hatte ihr damals ein Buch über unkontrollierte Einwanderung nach Europa empfohlen. Sie hatte es nach ihrer Rückkehr nach Bern gelesen und als sehr aufschlussreich empfunden. Aber nicht das hatte ihr Leben verändert. Sie sprach damals bei einem Aufenthalt in einem wunderschönen Park mit dem Paar hauptsächlich über das Christentum und die persönliche Nachfolge Jesu Christi. Sie hatte sich immer für eine Christin gehalten, erkannte aber damals ziemlich schnell, dass bloße Kirchenzugehörigkeit und das falsche Verständnis, dass man durch die Taufe zu einem Christen wird, eigentlich nichts bewirkt. Was nicht blau ist, das ist bläulich, was nicht rot ist, das ist rötlich und wer kein Christ ist, der ist christlich, hatte ihr Erwins Frau Anna erklärt. Sie wies Beate darauf hin, dass es zu einer vollständigen Sinnesänderung in ihrem Leben kommen müsse und zu einer Entscheidung, Jesus Christus in Wort und Tat nachzufolgen. Sie erklärten ihr, dass durch eine innerliche Neugeburt durch den Heiligen Geist jeder zu einem neuen Menschen wird, der aus dieser gegenwärtigen bösen Welt herausgerettet und in das Reich Gottes versetzt wird. Zum Abschied schenkte ihr Erwin Schäfer ein Neues Testament und Anna empfahl ihr, sich eine bibelgläubige christliche Gemeinschaft zu suchen, um im Glauben wachsen zu können. Was sie auch getan hatte. Zwischenzeitlich seien siebzehn Jahre vergangen, erzählte Beate weiter, aber sie habe diesen Schritt niemals bereut.

Nach diesem Bekenntnis waren beide still geworden. Friedrich hatte viele Fragen zu Beates Erzählung gehabt, die sie nachher im Café des Schiffes besprachen. Beate erklärte Baumgartner, dass der Mensch von Natur aus durch seine Sünde von Gott getrennt ist und Jesus Christus für diese Schuld am Kreuz von

Golgatha gestorben ist. „Keine Religion, kein Kult mit seinen Handlungen, keine Riten und keine menschlichen Vermittler können die Kluft zwischen dem heiligen Gott und dem gefallenen Menschen überbrücken. Aber Gott hat in seiner großen Liebe und Barmherzigkeit durch den Opfertod Jesu Christi die Möglichkeit geschaffen, diese Kluft zu überbrücken, indem wir von unserer Schuld gereinigt werden. Denn ohne Blutvergießen, so heißt es bereits im Alten Testament, gibt es keine Vergebung der Sünden. Friedrich traute sich nicht, Zwischenfragen zu stellen, denn es war ihm bewusst, dass die Wahrheit aus Beates Mund große Bedeutung für ihn hatte. Wenn ein Mensch, fuhr die Schweizerin fort, diese Wahrheit erkennt, sich von seinen alten Wegen trennt und das Geschenk Gottes der Vergebung annimmt, so wird er durch den Heiligen Geist von Neuem, von oben her, neu geboren. Er wird zu einem neuen Menschen. Körper und Lebensumstände bleiben natürlich gleich, aber im Inneren eines solchen Menschen, tut sich Gewaltiges. Aus einem Feind Gottes wird ein Freund Gottes."

Bereits das zweite Mal in seinem Leben wurde Friedrich nun mit dieser Wahrheit konfrontiert. Er dachte auch an die Worte Otto Slamers, als er sich zurückzog, um alleine zu sein und all diese Gedanken in der Stille zu erwägen. Er verabredete sich mit Beate für das Frühstück und ging auf sein Zimmer. Er legte sich ins Bett, konnte aber keine Ruhe finden. Er wälzte sich unruhig im Bett hin und her, stand auf und legte sich wieder nieder. Als er das zweite Mal aufgestanden war und das Licht angemacht hatte, griff er zu dem Johannesevangelium, das Beate ihm gegeben hatte, bevor Baumgartner in sein Zimmer aufgebrochen war. Als er beim achtzehnten Vers des ersten Kapitels angekommen war, wusste er, dass Gott sein Herz berührt hatte. Dieser Abschnitt lautete: ‚Niemand hat Gott je gesehen. Doch sein einziger Sohn, der selbst Gott ist und in des Vaters Schoß ist, hat Kunde von ihm gebracht.' Als diese Wahrheit in Friedrichs Herzen aufstrahlte, nahm er dankbar das Geschenk Gottes an und vertraute Jesus Christus sein Leben an. Er spürte einen tiefen

Frieden in seinem Herzen, einen Frieden, wie er ihn in seinem Leben bis jetzt noch nicht gekannt hatte.

Als Beate und Friedrich sich beim Frühstück trafen, da brannte Baumgartner darauf, seine Erfahrung, die er in der Nacht gemacht hatte, zu erzählen. Er hätte es gar nicht zu tun brauchen, denn Beate hatte bereits bei seinem Kommen gespürt, dass sich etwas in Friedrichs Leben verändert hatte. Christen erkennen einfach einander, dachte sie im Stillen. Den gebuchten Ausflug nach Rom ließen sie natürlich nicht ausfallen, aber ihre Gedanken waren manchmal einfach nicht bei der Sache. Trevi Brunnen, Pantheon, Petersdom und Colosseum zogen an ihnen vorbei und an die Worte der Reiseleiterin konnten sie sich am Abend kaum mehr erinnern. Nur beim Essen in einem Restaurant, das wie eine Katakombe gestaltet war, hatten sie für eine kurze Zeit ausspannen können. Ihr ganzes Leben lang würde den beiden dieser Tag in guter Erinnerung bleiben. Bald neigte sich die Reise ihrem Ende entgegen. Beate und Friedrich verabschiedeten sich voneinander und vereinbarten, Kontakt zu halten. Die Schweizerin wollte noch einige Tage in Wien verbringen und von dort nach Bern zurückzureisen. Das Versprechen, in Kontakt zu bleiben, war keine hohle Phrase. Tatsächlich telefonierten sie miteinander in regelmäßigen Abständen und tauschten sich per E-Mail aus. Anfangs sprachen sie hauptsächlich über den Glauben und gesellschaftliche Entwicklungen, für die sich Friedrich bisher kaum interessiert hatte. Bald erzählte er Beate auch von seiner Zeit im Krankenhaus und dem Kontakt mit seinem Zimmernachbarn. Mit der Zeit wurden die Gespräche persönlicher, bis Friedrich Beate eines Tages zu sich nach Hause einlud. Da Beate Österreich noch nicht gut kannte, nahm sie gerne an. Baumgartner zählte die Tage bis zu ihrer Ankunft, denn er freute sich riesig auf sie. Endlich war es so weit und er holte sie vom Bahnhof ab. Zu Hause brachte er sie im Gästezimmer unter und die beiden unternahmen in den nächsten Tagen einige Ausflüge ins Umland. Die ausgedehnte Donauschifffahrt und der Besuch des Tiergartens in Haag waren aufregende Erlebnisse und brachten die beiden einander näher.

Am letzten Tag führte Friedrich Beate durch seine Firma. Sie war erstaunt darüber, dass Friedrich ihr bisher nichts davon gesagt hatte, dass er Chef einer bedeutenden Schraubenfabrik war. Nach der Führung durch das Unternehmen aßen sie noch zu Mittag. Danach brachte Baumgartner Beate nach Wien zum Hauptbahnhof und verabschiedete sich herzlich und doch traurig von ihr. Bevor Beate in den Zug nach Zürich einstieg, wo sie umsteigen musste, sprach sie noch eine Gegeneinladung aus. Friedrich freute sich riesig darüber und versprach, in absehbarer Zeit darauf zurückzukommen. Sein Gast sagte ihm noch, dass sie ihn in Bern der christlichen Gemeinschaft, in der sie sich sehr wohlfühlte, vorstellen würde und empfahl auch ihm, sich nach einer geistlichen Gemeinschaft umzusehen, in der das Wort Gottes klar verkündigt wird und er im Glauben wachsen könne. „Denn das christliche Leben ist wie eine aufregende Reise, auf der man immer mehr in ein Leben der Gemeinschaft mit Jesus Christus hineinwächst", fügte sie noch hinzu. „Und diese Reise hat jetzt begonnen und wird in die Ewigkeit münden."

Als er am Abend dann im Bett lag und die letzten Tage Revue passieren ließ, da dachte er lange über Beates Worte nach. Und er erinnerte sich auch an Otto Slamer, seinen ehemaligen Bettnachbarn im Krankenhaus. Er rief sich die Gespräche mit ihm und seinen Freunden ins Gedächtnis, ganz besonders dachte er an die Zeilen, die sie zitiert hatten:

Und wäre Christus tausendmal in Bethlehem
Geboren und nicht in dir –
Du bliebest doch in Ewigkeit verloren.

Schon damals hatte ihn dieser Vers nachdenklich gestimmt und über die Jahre begleitet. Er beschloss, am nächsten Tag Otto Slamer anzurufen und – wenn möglich- ein Treffen mit ihm zu vereinbaren. Gedacht, getan – am nächsten Vormittag rief er ihn an, und sie entschieden, sich genau in vierzehn Tagen zu treffen. Denn Slamer war gerade dienstlich unterwegs, er war als

Energieberater für einen Stromkonzern tätig. Schon bald nach seiner Heimkehr rief Otto Friedrich an. Bei ihrem Treffen hatten sich die beiden viel zu erzählen und Otto freute sich riesig, dass auch Baumgartner sich nun für den Weg der Nachfolge Jesu, den schmalen Pfad zur Herrlichkeit, entschieden hatte. Zwei Stunden lang unterhielten sie sich über die letzten Jahre, seit sie sich aus den Augen verloren hatten. Und als die Gedanken schwer wurden und eine gewisse Müdigkeit eintrat, verabschiedeten sie sich. Zum Schluss lud Otto Friedrich zu einem Bibelkreis ein, der immer montagabends stattfand. Der Treffpunkt war etwa fünfzehn Kilometer von Friedrichs Haus entfernt in einer alten Bäckerei untergebracht, die von der Gruppe gepachtet, umgebaut und stilvoll hergerichtet worden war.

Am nächsten Montag war Friedrich schon eine Viertelstunde vor der vereinbarten Zeit bei der alten Bäckerei. Schon von außen strahlte das Gebäude eine angenehme Wärme aus. Diese wurde aber bei Weitem von der Inneneinrichtung übertroffen. Obwohl sich das Innere weder besonders religiös darstellte noch künstlerisch wertvoll war, fühlte man sich in den Räumen sofort wohl. Baumgartner dachte sofort, dass es wohl keinen besseren Ort gäbe, sich über die Bibel auszutauschen, zu beten und Gemeinschaft zu haben. Friedrich kannte nur kahle oder mit Pomp und Kitsch überladene Kirchen und er freute sich schon auf den heutigen Abend. Der Leiter des Kreises eröffnete den Abend und gemeinsam lasen die Anwesenden aus einem Abschnitt der Bibel. Da die Gruppe heute fünfzehn Personen zählte, kam natürlich nicht jeder dran, sich daran zu beteiligen. Nachdem man sich ausgetauscht hatte und wirklich jeder, der wollte, etwas beitragen konnte, wurde das Bibelstudium von einer Gebetszeit abgelöst. Zuerst lobte und pries man Gott, danach stimmte eine Frau ein Lied an. Jeder konnte seine Anliegen vor Gott bringen. Es waren keine vorgefassten Gebete oder solche, die man wie eine tibetanische Gebetsmühle herunterleierte, sondern man spürte die persönlichen Anliegen, die jedem der Anwesenden von Herzen kamen. Nach der Gebetszeit konnte sich jeder an einer Theke in der Küche Kaffee und Kuchen holen und bald war der Gemeinschaftsraum erfüllt von persönlichen Gesprächen. Nach einem Abschlussgebet verabschiedeten sich alle voneinander und jeder ging wieder nach Hause. Bis zum nächsten Montag. Zuvor hatte der Leiter noch erklärt, dass er sich über jeden freue, der wiederkommt, aber dass es kein Gebot Gottes gibt, jeden Montag kommen zu müssen.

In den nächsten beiden Jahren besuchten sich Beate und Friedrich öfter und kamen sich dadurch auch zwischenmenschlich näher. Besonders im Gedächtnis geblieben war Baumgartner seine dritte Reise nach Bern. Denn diese hatte wieder eine große Veränderung in Friedrichs Leben bewirkt. Baumgartner war mit dem Auto in die Schweiz gefahren und hatte in einem Hotel in der Berner Altstadt ein Zimmer reserviert. Beate hatte ihm zwar angeboten, dass er bei ihrem Bruder wohnen könnte, aber Friedrich wollte unabhängig sein und niemandem zur Last fallen. Auch wenn das Hotel teuer war, er hatte sich dafür entschieden und blieb dabei. Er kam spätabends in der Stadt an und traf Beate im Hotel. Er war sehr glücklich, sie wiederzusehen und sie saßen lange in der Bar zusammen und erinnerten sich an ihr erstes Zusammentreffen auf dem Kreuzfahrtschiff. Er hörte nicht auf, darauf hinzuweisen, welche große Veränderung dieses Zusammentreffen in seinem Leben bewirkt hatte. Zur Feier des Tages hatte Baumgartner eine Flasche Pfirsichprosecco bestellt und der Kellner, der den Wein in die Gläser füllte, kredenzte dazu einige kleine Schweizer Delikatessen. Bald machte sich bei Friedrich Müdigkeit bemerkbar und die beiden verabredeten sich für den nächsten Tag um zehn Uhr für einem Bummel in die Altstadt. Friedrich hatte auf sein Frühstück verzichtet, denn er wollte mit Beate in der Stadt zu Mittag essen. Pünktlich um zehn Uhr trafen sie sich im Hotel und brachen in die kleinen, teilweise mit Arkaden überdachten Gässchen auf. Diese boten bei Hitze und Kälte Schutz und daher fanden sich unter der Überdachung viele nette Cafés und Shops.

Baumgartner fielen die vielen kleinen roten, gelben und grünen Straßenschilder in der Altstadt auf. Auch weiße und schwarze fanden sich dazwischen. Beate, die beste Stadtführerin, die er finden konnte, erklärte ihm, dass diese Schilder aus der Zeit der französischen Besatzungszeit um das Jahr 1798 stammten. Die Besatzer hatten diese für ihre Soldaten aufgestellt, damit sie sich nach den ausgiebigen Trinkgelagen am Abend in den verwinkelten Gässchen der Stadt zurechtfanden. Die Zeit verging wie im Flug und bald hatten die beiden kräftigen Hunger. Beate kannte ein gutes italienisches Restaurant, das sie aufsuchten. Nach einer längeren Rast in einem großen Park zeigte Friedrichs private Reiseführerin ihm die Zytglogge (Zeitglockenturm), das Berner Münster und den Bärenpark. Danach musste Beate für ein paar Stunden in das Antiquitätengeschäft, in dem sie arbeitete. Nach dem Abendessen trafen sie sich, um das Berner Nachtleben zu genießen. Nicht dass sich die beiden nach Diskotheken oder irgendwelchen Unterhaltungen sehnten, nein sie genossen es einfach, gemeinsam durch die beleuchteten Gassen zu flanieren und in die Auslagen der teilweise noch offenen, kleinen Geschäfte zu blicken. Um einen Kaffee zu trinken, war es für sie bereits zu spät und so setzten sie sich wieder in einen offenen Park, genossen die Abendstimmung und unterhielten sich angeregt.

Am nächsten Vormittag musste Beate wieder ins Geschäft und daher beschloss Friedrich, ins Zentrum Paul Klee zu fahren. Nach dem Frühstück bat er den Angestellten an der Rezeption, ihm ein Taxi zu rufen. Von diesem ließ er sich zum Zentrum bringen. Paul Klee war ein Maler, der von 1879 bis 1940 lebte. Er hatte rund zehntausend Kunstwerke geschaffen, von denen rund viertausend angeblich in diesem Museum ausgestellt sind. Das Taxi hielt vor einem wunderschönen modernen Gebäude, das zu betrachten alleine schon die Fahrt hierher gelohnt hatte. Baumgartner kaufte sich eine Eintrittskarte und leistete sich auch einen Audioguide. Dieser lieferte eine Unmenge von Informationen über den Künstler und die Gemälde. Aber das viele Zuhören ermüdete ihn so sehr, dass er nach einer Dreiviertelstunde auf die Erklärungen verzichtete. Nach einer weiteren Stunde setzte er sich in ein Kaffeehaus und genoss seinen Cappuccino. Der Genuss ließ etwas nach, als er für den Kaffee umgerechnet rund sieben Euro bezahlt hatte. Nachdem seine müden Augen sich erholt hatten, setzte er seinen Rundgang durch die Galerie fort. Zum Schluss ging er etwas schneller durch die Ausstellung, denn seine Aufnahmefähigkeit hatte zwischenzeitlich stark gelitten. Bevor er zum Ausgang gelangte, musste er wie in jedem Museum wieder durch die übliche Besucherfalle, den Museumsshop. Friedrich kaufte einen Kunstdruck von Klees Bild der Wald-Einsiedelei. Diesen würde er seiner Mutter mitbringen.

Mit dem Taxi ließ er sich wieder in die Altstadt bringen. Sein Auto hatte er in einer Tiefgarage geparkt, die etwa zwanzig Minuten zu Fuß vom Hotel entfernt war. Während seines Aufenthaltes dachte er öfter daran, dass es besser gewesen wäre, öffentliche Verkehrsmittel zu benutzen. Friedrich stieg bei der Zytglogge aus dem Taxi und wartete auf Beate, mit der er gemeinsam Mittagessen wollte. Er machte es sich auf einer Bank bequem und las auf seinem Handy die Nachrichten aus aller Welt, die wie immer nicht sehr erbaulich waren und ihn immer wieder daran erinnerten, dass wir in einer gefallenen Welt leben, einer Welt, die nicht mehr so ist, wie sie ihr Schöpfer gestaltet hatte. Nach dem Essen schlenderten sie wieder durch die Altstadt und Baumgartner war aufs Neue von den Arkadengängen fasziniert. In einem der versteckten Geschäfte kaufte er für seine Schwester Renate einen Bären aus Porzellan. Beate versprach Baumgartner, ihn um sieben Uhr abends abzuholen, um dann gemeinsam den Abend in der christlichen Gemeinschaft zu verbringen, in der sie nach ihrer Bekehrung Anschluss gefunden hatte.

Dort angekommen, wurden sie herzlich begrüßt und warteten auf den Beginn des Vortrags. Ob Beate diesen Abend bewusst gewählt hatte, oder ob es Zufall war, dass das Thema des Abends die Ehe betraf, fand Friedrich nie heraus. Darüber befragt, gab sie immer ausweichende Antworten. Baumgartner hatte ihr schon öfter einen Heiratsantrag machen wollen, ihn aber immer wieder verschoben. Vielleicht hatte er Angst vor Ablehnung oder davor gehabt, sich fest zu binden. Nach dem Vortrag stellten mehrere Personen Fragen an den Redner. Dieser versuchte kurze, aber klare Antworten zu geben. Als der Strom an Fragen versiegte und Stille eintrat, stand Friedrich auf, dankte dem Vortragenden für seine umfangreichen Ausführungen und ersuchte kurz um Ruhe. Dann machte er vor rund fünfzig Personen Beate einen Heiratsantrag. Diese war total verblüfft, denn damit hatte sie an diesem Abend nicht gerechnet. Sie hatte vorgehabt, den Tag eigentlich in einem der berühmten Restaurants ausklingen zu lassen. Als die Überraschung etwas nachgelassen hatte, stand auch Beate auf, gab Friedrich einen Kuss auf jede Wange und zeigte ihre Freude mit einem kräftigen ‚Ja‘.

Natürlich musste dies dann doch in einem Restaurant gemeinsam gefeiert werden und Beate machte den Vorschlag, dies in einem der berühmten Kellergewölbe zu tun. Normalerweise wäre Baumgartner von der Schönheit des Restaurants begeistert gewesen, aber dafür war heute keine Zeit. Während sie auf ihre Bestellung warteten, schmiedeten sie schon Pläne für die Verlobung und Hochzeit. Sie entschieden sich dafür, die standesamtliche Hochzeit in Friedrichs Heimat zu feiern und sich das ‚Ja‘ vor Gott in Bern zu geben. Sie legten dann noch die zeitlichen Termine fest. Just in diesem Moment brachte der Kellner die Speisen und Getränke. Sie zelebrierten das Essen bereits als Vorfeier, denn irgendwelche Vorfeiern oder Bräuche vor der Hochzeit kamen ihnen nicht in den Sinn. Danach gingen sie bald schlafen, denn Friedrich wollte zeitig aufstehen und nach Hause aufbrechen. Friedrich versprach, sich sofort mit dem Standesamt in Verbindung zu setzen, während Beate alles Notwendige in Bern in die Wege leiten sollte. Es war für beide klar, sich das Jawort bei einer Feier in der christlichen Gemeinschaft, wo ihr gemeinsamer Weg begonnen hatte, zu geben.

Nachdem er sich von Beate – denn die Frau Knopfler war ja schon fast Geschichte – verabschiedet hatte, brach Friedrich in der Früh auf. Von Bern ging es nach Zürich, von dort zur österreichischen Grenze, durch den Arlberg schließlich nach St. Pölten und von da zu seiner Firma. Beim gemeinsamen Abendessen übergab er seiner Mutter und Schwester die Geschenke, die er für sie in Bern gekauft hatte. Gleichzeitig erzählte er ihnen von der geplanten Hochzeit. Beide freuten sich für Friedrich, seine Mutter war aber trotzdem etwas ungehalten oder besser gesagt enttäuscht. Einen Teil der Hochzeit in der Schweiz zu feiern, konnte sie gerade noch akzeptieren, aber ohne Kirche und Pfarrer, das verstand sie in keiner Weise. Da war es für Baumgartner junior an der Zeit, über seinen neu gefundenen Glauben zu sprechen. Denn bisher hatte er weder seiner Mutter noch seiner Schwester von seiner Lebensänderung erzählt. Es entwickelte sich ein langes Gespräch, das sich sowohl um den biblischen Glauben als auch um die geplante Hochzeit drehte.

Baumgartner vereinbarte einen Termin mit dem für ihn zuständigen Standesamt. Obwohl er befürchtet hatte, dass eine Terminvereinbarung längere Zeit in Anspruch nehmen würde, da Beate Schweizerin war und das Land kein Mitglied der EU ist, gingen die Formalitäten rascher als gedacht über die Bühne. Friedrich hatte alle wichtigen Dokumente von Beate in Kopie mitgebracht und auch das Finanzielle war bald erledigt. Er sagte dem Beamten auch einen Anruf seiner zukünftigen Frau zu, in dem sie ihre Wünsche hinsichtlich der Musik bekanntgeben wollte. Damit war alles geregelt und der Termin für die Hochzeit wurde für einen Samstag vereinbart. Auch in Bern war Beate nicht untätig geblieben und vereinbarte die Feier für das Jawort in ihrer christlichen Gemeinschaft für eine Woche später. Nun galt es nur noch, die entsprechenden Restaurants für das Zusammensein nach den Trauungen zu finden. Auch dies konnte zur Zufriedenheit der beiden zukünftigen Eheleute geregelt werden und auch Friedrichs Mutter hatte sich in der Zwischenzeit mit der Situation arrangiert. Es war ihr fast nichts anderes übrig geblieben. Friedrichs Schwester Renate bot sich an, das Organisatorische wie die Gestaltung und das Aussenden der Einladungen, die Auswahl des Restaurants und der Speisen und des Blumenschmucks zu übernehmen. Ihr Bruder nahm das Angebot dankend an, denn zwischenzeitlich musste er sich auch noch um die Firma kümmern. Gerade in letzter Zeit waren einige interessante Anfragen eingegangen.

Zusätzlich kümmerte sich Renate auch um die Unterbringung von Beates Bruder Marc Knopfler, der sich nicht nur etwas anders schrieb als ein bekannter Musiker gleichen Namens, sondern auch nicht Gitarre spielen konnte, seiner Frau und den Kindern. Beates Eltern waren vor neun Jahren bei einem Autounfall ums Leben gekommen und weitere nahe Verwandte hatte sie nicht. Die zukünftige Schwägerin hatte angekündigt, dass auch zwei ihrer Freundinnen bei der Trauung dabei sein würden. Auch für diese musste eine Unterkunft gefunden werden. Renate und die Mutter entschieden, wer von den Verwandten der Baumgartners eingeladen wurde. So war Frau Helene, denn so hieß Friedrichs Mutter, beschäftigt und musste nicht andauernd an Bern denken, was ihr immer noch etwas Bauchweh bereitete und ihr einen Teil der Freude nahm. Endlich kam der große Tag. Das Brautpaar samt Geschwistern, Verwandten und Bekannten aus dem Hauskreis erschienen auf dem Standesamt. Die Plätze waren mit Namenskarten versehen worden, sodass es kein langes Suchen nach einem geeigneten Platz gab. Bis alle sich niedergesetzt hatten und auch noch einige Zeit danach konnte man einen Ausschnitt aus dem dritten Brandenburgischen Konzert von Johann Sebastian Bach aus einem CD-Player hören. Als Trauzeugen waren Beates Bruder und Friedrichs Schwester vorgesehen. Nach den wundervollen Klängen begann der offizielle Teil der Feier. Beate trug ein hellblaues Kleid, Friedrich einen dunkelblauen Anzug mit einer Fliege aus Holz. Nach der Feier gab es einen kleinen Umtrunk und Marc schoss unzählige Fotos. Da er ein hervorragender Fotograf war, verzichtete man auf einen Termin in einem Fotostudio. Alle Anwesenden überraschte Marc am Ende des Tages mit einem wundervollen Hochzeitsfoto.

Danach fuhren das Brautpaar und die Hochzeitsgäste in ein exquisites Restaurant in der näheren Umgebung. Der wunderschöne Blumenschmuck im Raum und auf den Tischen war der erste Willkommensgruß an alle Anwesenden. Als alle ihre zugewiesenen und mit wunderschönen, selbst gefertigten Namenskarten versehenen Plätze eingenommen hatten, begann Friedrich mit seiner Rede. Er dankte allen Anwesenden für ihr Erscheinen, ganz besonders Renate, die auf ganz besondere Weise für das Gelingen der Feier gesorgt hatte. Er dankte auch im Namen seiner Frau für die mitgebrachten Geschenke, die sie im Laufe des Nachmittags auspacken wollten. Ganz besonders dankte er Beate für ihr Ja bei seinem Heiratsantrag. Danach erzählte er, wie er seine Frau kennengelernt hatte, berichtete über die Kreuzfahrt und die Gespräche, die sie geführt hatten. Gespräche, die sein Leben verändert und diesem eine neue Richtung gegeben hatten. Als Friedrich merkte, dass er die Geduld seiner Gäste über Gebühr beanspruchte, ließ er seinen Bericht ausklingen und wünschte allen einen gesunden Appetit. Nach einem kurzen Gebet wurde endlich das warme Buffet eröffnet. Es gab drei verschiedene Suppen, gebackene Hühnerschnitzel, Zander, gebackenes Gemüse und eine Lachslasagne. Für den Nachtisch hatten die Gäste selbst gesorgt, indem sie selbst gebackene Torten und Strudel mitgebracht hatten. Dazu gab es noch verschiedene Sorten Eis, die vom Restaurant bereitgestellt wurden.

Die Zeit verging wie im Flug. Nach dem Essen lasen Beates Freundinnen selbst verfasste Gedichte vor. Obwohl in diesen ernsthafte Gedanken und Fragen vorkamen, entbehrten sie trotzdem nicht eines gewissen Charmes und Witzes. Nach dem Vortrag, der insgesamt rund eine halbe Stunde gedauert hatte, applaudierten die Hochzeitsgäste lange. Beate, die die Gedichte noch nicht gekannt hatte, erinnerten die Strophen an das mittelalterliche ,Narrenschiff' des Sebastian Brant. Natürlich waren die

Fragen und Antworten an die heutige Zeit angepasst, aber sie waren genauso treffend formuliert und wahr. Nach dem Vortrag packte das Hochzeitspaar die Geschenke aus. Welch wunderbare Dinge kamen da ans Licht. Da das Paar keine Geschenkeliste aufgestellt hatte und in zwei Haushalten genug Inventar für eine Wohnung vorhanden war, hatten sich die Geladenen originelle Geschenke ausgedacht, die die beiden zum Schmunzeln brachten. Nachdem sich Beate und Friedrich herzlich dafür bedankt hatten, wurden einige Spiele vorgeschlagen. Da es aber in der Gruppe an Freiwilligen fehlte, fanden diese bald ein jähes Ende. Angeregt unterhielten sich die Gäste über die vorgelesenen Gedichte. Nur die beiden Schreiberinnen waren nicht zu einer zweiten Lesung zu bewegen. Die Gespräche dauerten bis Mitternacht. Nach dem Abendessen hatten sich einige Gäste bereits verabschiedet, der Rest brach nach vierundzwanzig Uhr auf. Eine Woche später war es wieder so weit, und zwar in Bern. Friedrichs Mutter und Schwester fuhren mit Baumgartner in die Schweiz, Beate war schon Mitte der Woche vorausgefahren, um die letzten Feinheiten zu besprechen. Mutter Baumgartner schmollte immer noch, da die Trauung nicht in einer Kirche und ohne Pfarrer stattfand. Bevor sich das Brautpaar das Eheversprechen vor Gott gab, las der Leiter der Feier einen Abschnitt aus dem Epheserbrief (Kapitel 5, Verse 31–33) des Neuen Testaments vor:

Deshalb, so heißt es in der Schrift, wird ein Mann Vater und Mutter verlassen und sich mit seiner Frau verbinden, und die zwei werden ein Leib sein. Hinter diesen Worten verbirgt sich ein tiefes Geheimnis. Denn ich bin überzeugt, dass hier von Christus und seiner Gemeinde die Rede ist.

Danach legte er den Text aus. Der Redner sprach davon, dass Gott möchte, dass unsere Verbindung zu Jesus Christus genau so tief und real ist wie die Verbindung zwischen Mann und Frau. Aber auch bei der Nachfolge Jesu geht es um ein Verlassen, nämlich darum, dass wir das sündige alte Leben ver- und hinter uns lassen und mit Christus im Glauben Gemeinschaft haben. Aber da jeder Mensch ohne Ausnahme von Gott getrennt auf die Welt kommt, ist es notwendig, von Neuem, von oben her durch den Heiligen Geist geboren zu werden. Und nur dieser ‚von oben her geborene' Mensch kann mit Gott Gemeinschaft haben. Daher sind jegliche religiösen Anstrengungen von vornherein zum Scheitern verurteilt. Und so wie Mann und Frau von nun an in Liebe und Achtung das gemeinsame Leben führen sollen, so soll auch ein Christ in Liebe zu Gott, die sich im Gehorsam zeigt, sein Leben führen. Und diese Liebe darf sich nicht in Worten und schönen Reden erschöpfen, sondern muss sich durch unser Handeln als echt und wahr erweisen. Mit diesen Worten schloss der Prediger seine Auslegung.

Danach gab sich das Brautpaar vor Gott das Eheversprechen. Am Ende war sogar Mutter Baumgartner angenehm überrascht von der Feier. Sie hatte sich nicht vorstellen können, dass eine Hochzeit, die nicht in festgelegten Bahnen durchgeführt wurde, so schön und stilvoll sein konnte. Renate hörte dem Redner ganz genau und aufmerksam zu und hatte einige Fragen an Beate und Friedrich. Sie war sicher, dass sie sich noch an weitere Fragen erinnern würde, wenn die Zeit dafür passte. Friedrichs Mutter und Schwester blieben noch drei weitere Tage in Bern und Beate zeigte ihnen die Sehenswürdigkeiten der Stadt. Der frischgebackene Ehemann nutzte die Zeit, um sich Gedanken über die Zukunft zu machen. Diese wollte er mit Beate in einer stillen Stunde teilen. Mutter Baumgartner wollte unbedingt, dass die Frischvermählten in ihrem Haus wohnten. Dies wollte der Sohn aber nicht. Denn er wollte nicht, dass die Mutter sich vielleicht in das gemeinsame Leben einmischte. Aber er wollte sie auch nicht ein zweites Mal vor den Kopf stoßen. Lange überlegte er hin und her, bis ihm schließlich bei einem Caffè Latte eine mögliche Lösung einfiel, die er aber erst mit seiner Frau besprechen wollte. Denn auch diese war nicht übermäßig erfreut, unter ständiger Kontrolle zu leben.

Vor vierzehn Tagen hatte er mit dem Geschäftsführer einer Firma gesprochen, die in Polen Tiny-Häuser herstellte und auch die Aufstellung bei den jeweiligen Kunden übernahm. Dieser war an Baumgartners Schrauben interessiert, da diese einen guten Ruf hatten und auch widrigen Wetterbedingungen standhielten. Denn sicher mussten diese kleinen Häuser schon sein. Sie waren nur etwa fünfundzwanzig Quadratmeter groß, hatten aber genug Platz für einen Raum zum Wohnen und Schlafen, für Sanitärräume und für eine Kochnische. Auch Stauraum gab es genug. Sie waren nicht für dauerhaftes Wohnen gedacht, sondern für den Urlaub und zum Ausspannen. Ein solches Haus wollte er zusätzlich zu der Familienvilla, in der sie jetzt wohnten, kaufen und aufstellen lassen. Dorthin konnten sie sich jederzeit zurückziehen. Die Gespräche mit dem Tiny-Haus-Hersteller verliefen sehr positiv und Friedrich konnte einen umfangreichen Vertrag auf vorerst fünf Jahre abschließen. Im Gegenzug versprach Baumgartner nach Rücksprache mit Beate, ein solches Haus zu kaufen. Friedrichs Frau war hellauf von dieser Idee begeistert und telefonisch brachte er den Kauf des Tiny-Hauses zum Abschluss. Bevor er sich um die Aufstellung der Ferienwohnung kümmern konnte, musste er noch ein passendes Grundstück finden. Nach zwei Monaten fand er über einen Makler eine kleine aufgeschlossene Bauparzelle. Kurz danach informierte er die Firma, dass nun eine Lieferung möglich sei. In nur zwei Wochen war das Haus fertig aufgestellt und eine weitere Woche war nötig, um den Stromanschluss und die Anschlüsse für Wasser und Abwasser zum Abschluss zu bringen.

Danach war es Zeit, an die Hochzeitsreise zu denken. Nach längeren Überlegungen entschieden sich die Baumgartners für eine Nilkreuzfahrt mit einem anschließenden einwöchigen Badeurlaub. Mit dem Flugzeug ging es zeitig in der Früh nach Hurghada in Ägypten. Friedrich hatte sein bedrucktes T-Shirt an, auf das er sich ein Flugzeug und den Schriftzug ‚no shame‘ hatte aufdrucken lassen. Nach der Landung ging es mit dem Bus rund vier Stunden nach Luxor. Die Fahrt führte zuerst nach einem

Stopp in einer Oase durch eine Steinwüste, die nach etwa der Hälfte der Fahrt von Grünflächen mit einem archaischen Bewässerungssystem abgelöst wurde. Am Nachmittag konnte das Paar endlich an Bord gehen. Das Schiff, die Nil-Diva, war älteren Datums und bot lediglich vierzig Touristen Platz. Anfangs waren die beiden Reisenden etwas enttäuscht über das kleine Ausflugsschiff, aber im Laufe der Fahrt lernten sie fast alle Mitreisenden persönlich kennen. Dies wäre auf einem großen Nilkreuzfahrtschiff, das natürlich mehr Annehmlichkeiten geboten hätte, nicht möglich gewesen. Der Service und das Essen auf dem kleinen Schiff waren wider Erwarten hervorragend, sodass die Baumgartners ihre Hochzeitsreise in guter Erinnerung behielten. Und auch die Ausflüge hinterließen bei Beate und Friedrich bleibende Eindrücke. Auch den Reiseleiter, der perfekt Deutsch sprach, da er in Deutschland Germanistik studiert hatte, und sich sehr um die Gäste kümmerte, behielten sie in guter Erinnerung. Nach der Einschiffung informierte er sie über die Ausflüge und danach gab es ein vorzügliches Abendessen.

Die Besichtigungstour begann am nächsten Tag mit einer Busfahrt ins Tal der Könige. Dort bewunderten die Reisenden das Grab Tutanchamuns, den Hatschepsut-Tempel sowie die Memnonkolosse. Nach der Rückkehr starteten sie Richtung Edfu und genossen die ägyptische Landschaft, bei der sich wüste, kahle Landschaften mit Grünflächen ablösten. Am nächsten Tag besichtigten sie nach dem Frühstück den Horustempel in Edfu und danach ging es weiter nach Kom Ombo. In der Abenddämmerung bewunderten die Reisenden den ptolemäischen Doppeltempel, der in ein wunderschönes Farbenmeer getaucht war. Danach ging es weiter nach Assuan, dem Tempel von Philae und zu dem unvollendeten Obelisken. Ein imposantes Schauspiel bot natürlich der Assuan-Staudamm. Eine Fahrt mit einer Feluke, einem kleineren Boot, brachte sie zu einem wunderschönen botanischen Garten mit vielen Raritäten, die Lord Kitchener hatte anpflanzen lassen. Auf der Überfahrt dorthin legte sich das Boot in eine Schräglage, was bei manchen Touristen ein lautes

Kreischen und Panik hervorrief. Der Bootsführer, der eigentlich nur etwas Spannung in die Fahrt bringen wollte, wurde vom Reiseleiter heftig gerügt. Auch die Strompolizei war der Meinung, dass sie das Spektakel kommentieren müsse. Im Hafen von Assuan verbrachte die Reisegruppe die Nacht. Am nächsten Tag ging es schon sehr zeitig mit dem Bus nach Abu Simbel. Statt des Frühstücks wurden Lunchpakete verteilt, die im Bus verzehrt werden sollten. Mehrere Reisebusse hatten einen Konvoi gebildet und an der Spitze und am Ende fuhr jeweils ein Armeefahrzeug. Die Reise zu der prächtigen Tempelanlage wurde mit dem Blick auf eine Fata Morgana belohnt. In Abu Simbel blieben sie einen halben Tag, da der Reiseleiter viel über die Herstellung und Bedeutung der Tempelanlage zu erzählen hatte. Nach diesem Aufenthalt ging es wieder zurück nach Luxor, wo die Gruppe die Tempel von Luxor und Karnak besichtigte. Für den Abend war eine Ton- und Lichtershow in der Tempelanlage von Karnak angeboten worden. Mit einer bekannten Schauspielerstimme wurden die Zuseher in die Welt der Pharaonen zurückversetzt. Die Zeit bis zur Vorstellung wurde mit einem Besuch des Gewürzmarktes überbrückt, den die meisten Frauen dazu benutzten, kräftig einzukaufen. Der einwöchige Badeurlaub danach verging wie im Flug und sie brauchten ihn beide zur Erholung nach den vielen neuen Eindrücken. Die Kreuzfahrt mit den vielen Ausflügen hatte Beate und Friedrich zwar die Geschichte Oberägyptens und das tägliche Leben der Menschen heute etwas nähergebracht, war aber auch sehr anstrengend gewesen.

Die Wochen nach der Nilkreuzfahrt und des erholsamen Badeurlaubes verbrachte das Paar mit der Übersiedlung von Bern und dem Einrichten der Wohnung in der Familienvilla und des kleinen Häuschens in einiger Entfernung ihrer nun gemeinsamen Wohnung. Da Beate in Bern bloß eine möblierte Wohnung gemietet hatte, hielt sich das Übersiedlungsgut in Grenzen. Trotzdem füllten sie damit vierzehn große Übersiedlungskartons und Friedrich war froh, dass er mit einem größeren Transporter samt Anhänger in die Schweiz gekommen war. Obwohl Beate ihre Kleider durchgesehen und einiges davon für einen Flohmarkt gespendet hatte, füllte eine Menge an Kleidern, Blusen, Hosen und Büchern die Kartons. Natürlich wurden auch die beiden großen CD-Ständer, die jeweils rund hundert Tonträger fassten, übersiedelt. Da Beate gerne las, hatten sich auch viele Bücher angesammelt. Ebenso brauchten das Geschirr und die übrigen Küchenutensilien viel Platz. Da sie aber zwei Wohnungen einzurichten hatten, eine in der Familienvilla und das kleine Häuschen, das zwischenzeitlich mit Möbeln ausgestattet worden war, konnte das Übersiedlungsgut gut untergebracht werden. Die Möbel für das Tiny-Haus hatte Beate alleine ausgesucht, hier hatte Friedrich seiner Frau freie Hand gelassen. Er war froh darüber, dass er sich nicht mit dem Aussuchen und Einkaufen beschäftigen musste. Aber die meisten Einrichtungsgegenstände hatte seine Frau sowieso im Internet bestellt.

Ein Mitarbeiter der Firma, bei der sie die Inneneinrichtung bestellt hatten, stellte die gelieferten Möbel auf. Nun war es an der Zeit, das Versprechen, das Friedrich seinen Mitarbeitern gegeben hatte, einzulösen. Er hatte ihnen zugesagt, auch für sie ein Fest anlässlich seiner Hochzeit auszurichten. Eine Halle seiner Fabrik wurde, soweit es möglich war, leer geräumt und Heurigen-Tische samt Bänken aufgestellt. Friedrichs Schwester Renate hatte sich wieder angeboten, für Essen und Trinken zu sorgen. Sie bestellte eine Catering-Firma, die für eine ausgezeichnete Verköstigung sorgte. Verschiedene Suppen, Schweinsbraten, Schnitzel, Huhn, gefüllte Knödel und Kartoffelsalat – also alles für den typischen Österreicher – wurden geliefert. Für den, der auf diese Köstlichkeiten verzichten wollte, gab es auch ein veganes Gericht. Dieses fand dann aber bei der Feier keine Abnehmer und Friedrich ließ es von der Catering-Firma zur Gänze, wie alle anderen übrig gebliebenen Speisen, einer Sozialeinrichtung zur Verfügung stellen. Er hatte seine Schwester auch gebeten, für Musik zu sorgen, denn er war sich sicher, dass sich seine Angestellten darüber freuen würden. Überhaupt hatte er in letzter Zeit eine andere Einstellung seinen Mitarbeitern gegenüber entwickelt. Er sorgte sich viel mehr um ihre Anliegen und Bedürfnisse als zuvor. Dies tat er aber nicht in erster Linie, um die Arbeitskräfte zu halten, nein, es war ihm wirklich ein inneres Anliegen. Viele Unternehmer kämpften darum, geeignete Arbeitskräfte zu finden, denn das Schlagwort von der Work-Life-Balance spukte in vielen Köpfen unserer infantilen Anspruchsgesellschaft herum. Leistung war bei einer immer größer werdenden Anzahl von Menschen plötzlich nicht mehr so gefragt, denn man erwartete, dass die Gesellschaft, der Staat, für alles sorgen werde. Von der Wiege bis zur Bahre wurde von einem Teil der Gesellschaft ein Susi-Sorglos-Paket erwartet, um ohne große Anstrengung durch das Leben zu kommen. Für so manchen romantischen Träumer war sogar ein arbeitsfreies Grundeinkommen eine erstrebenswerte Sache. Was im Klartext bedeutete: Jene, die Leistungen erbrachten, sollten die Faulen mitfanzieren.

Aber sogar im Neuen Testament, der Richtschnur für Christen, heißt es, dass derjenige, der nicht arbeiten will, keinen Anspruch auf Essen hat. Aber das hinderte so manche linksorientierten und liberalen Theologen nicht, sich für ein solches Susi-Sorglos-Paket stark zu machen. Die Vertreter der Anspruchsgesellschaft wollten einfach nicht einsehen, dass viel Freizeit auch viel Geld erforderte, um diese sinnvoll zu gestalten. Auch an die Pension, die am Ende aufgrund der geringeren Beitragszahlungen mickrig ausfallen wird, dachten diese Menschen nicht. Dem Staat wird schon etwas einfallen, dieser Gedanke hatte sich in den Köpfen dieser Menschen festgesetzt. Und dem Staat war schon seit längerer Zeit etwas eingefallen. Denn niedrige Pensionen wurden jährlich mit einem höheren Prozentpunkt erhöht, als die jener Menschen, die über Jahrzehnte höhere Beiträge einbezahlt hatten. So viel Umverteilung muss sein, dachten sich viele. Aber ob dies auch gerecht war? Jedenfalls war Friedrichs Hochzeitsfest für seine Mitarbeiter ein voller Erfolg. Nicht nur, dass beim Essen und Trinken ordentlich zugelangt und kräftig das Tanzbein geschwungen wurde, man sprach auch über Wochen hin noch von diesem Ereignis. Als Geschenk für das Brautpaar hatten einige der Mitarbeiter eine Skulptur aus Schrauben geformt, die künstlerischen Aspekten wirklich gerecht wurde. Jedenfalls waren eine Menge Arbeitsstunden darin verborgen.

Da bei Friedrich einiges an Arbeit liegen geblieben war und aufgearbeitet werden musste, nahm auch der Stress für ihn nicht ab. Aber er wusste, dass er da jetzt durchmusste und dass auch wieder weniger anstrengendere Zeiten kommen würden. Die vordringlichste Aufgabe, die zu bewältigen war, lag in einer Anfrage der Landesregierung, die eine neue Aussichtswarte bauen wollte. Es sollte die größte in diesem Bundesland und wahrscheinlich im ganzen Land werden. Telefonisch vereinbarte er einen Termin, um die Einzelheiten zu besprechen. Und Schrauben aus der Fabrik Baumgartner hatten sich schon für viele solcher Projekte im In- und Ausland bewährt. Schon am übernächsten Tag fuhren Beate und Friedrich in die Landeshauptstadt. Die Fahrt über die Autobahn war ruhig und ohne besondere Vorkommnisse. Aber auf dem Weg in die Stadt zu den Büros kam es, wie es kommen musste. Da er sich in der Hauptstadt nicht gut auskannte, überquerte er die große Baustelle, die auf dem Weg von Süden nach Norden lag. Ein schier endloser Stau stellte seine Geduld auf eine harte Probe. Und die Abzweigung, die das Navi anzeigte, um zu den Bürogebäuden zu kommen, war gesperrt. Ein Umweg war damit vorprogrammiert. Bei der Baustelle hatte das steinerne Monument des Baumeisters Jakob Prandtauer finster auf die Baustelle und den Stau geblickt. Den wunderschönen Teich hatte man entfernt und ein hässliches Bauwerk, das man Kunst nannte, sollte an seine Stelle treten. Irgendwie erinnerte ihn das Objekt, das in den Medien vorgestellt und hochgelobt worden war, an Bienenwaben. Hier traf wieder einmal das geflügelte Wort zu: Kunst ist es, es verkaufen zu können. Irgendwie schien das in der Landeshauptstadt mit den Raumgestaltungsprojekten nicht zu funktionieren. Ein Freund aus der Hauptstadt hatte ihm erzählt, dass der Platz vor dem

Dom, auf dem auch immer die Markttage abgehalten werden, neu gestaltet worden war. Außer Pflastersteinen gab es nichts, keine Sträucher oder Bäume, so seine Meinung. Lediglich am Rand des Platzes sollten ein paar kleine Bäume gepflanzt und ein Stein, der Sprühnebel verteilen sollte, aufgestellt werden. Sicher eine sinnvolle Sache in einer Zeit, in der überall Energie gespart werden sollte, hatte sein Freund sarkastisch gemeint.

Trotz Stau und Umleitung war Friedrich pünktlich beim Landhaus angekommen, das auch keine künstlerische Glanzleistung war und Baumgartner an ein Flughafengebäude erinnerte. Auch einen Tower, Klangturm genannt, hatte man seinerzeit errichtet. Sie fuhren in die Tiefgarage und während sich Friedrich zum Baureferat aufmachte, tauchte Beate für einige Stunden in die Ausstellungen des Landesmuseums ein. Man feierte gerade das hundertjährige Bestehen des Bundeslandes. Diese Zeit wurde mannigfaltig und sehr übersichtlich dokumentiert. Ein anderer Teil des Museums war der Tierwelt gewidmet, ein weiter zeigte Exponate der bildenden Kunst. Dieser Abschnitt gefiel Beate weniger und sie verbrachte dementsprechend nur eine kurze Zeit bei den Bildern. Dafür sah sie sich den geschichtsträchtigen Teil ein weiteres Mal an. Abschließend machte sie noch einen Abstecher in die Landesbibliothek. Dorthin schickte Friedrich seiner Frau eine E-Mail, dass er sich zum Landhausstüberl aufmachte, wo er bereits einen Tisch reserviert hatte. Natürlich hinterließ er auch die Nachricht, dass sein Gespräch mit den zuständigen Beamten des Baureferates erfolgreich verlaufen war und er den Zuschlag für die Produktion der Schrauben und Verbindungen für die in Planung befindliche Aussichtswarte erhalten hatte. Während des Tagesmenüs, das aus Frittatensuppe und Rindsrouladen bestand, tauschten sie ihre Erlebnisse vom Vormittag ausführlich aus.

Anschließend fuhren sie mit dem Linienbus zum Bahnhof, von wo aus sie die Innerstadt erkunden wollten. Ihr erster Weg führte sie zum Rathausplatz, der von wunderschönen Gebäuden umgeben war. Aber auch dort war der ganze Platz zugepflastert, kein einziger Baum war gepflanzt worden, lediglich ein paar große Pflanzcontainer mit größeren Gehölzen hatte man aufgestellt. Diese verliehen dem Rathausplatz eine etwas freundlichere Atmosphäre. Mitten auf dem Platz stand eine wunderschöne barocke Pestsäule. Irgendwie hatte das Zeitalter des Barock tiefe Spuren im Stadtbild der Hauptstadt hinterlassen. Friedrich und Beate bewunderten das Rathaus, zwei Kirchen und das Landestheater. Aber auch die Häuser dazwischen, die größtenteils kommerziell genutzt wurden, standen den anderen Gebäuden in nichts nach. In ihnen waren eine Bank, das Dorotheum, einige Geschäfte und viele Restaurants und Cafés untergebracht. Lediglich das Haus neben dem Theater, das von einem Immobilienhai erworben worden war, war derzeit ungenutzt. Der Käufer dieser Liegenschaft war jetzt auch in den Medien präsent, da er angeblich in unreelle wirtschaftliche Machenschaften verwickelt war. Aber natürlich galt die Unschuldsvermutung – so wie immer. Nachdem Beate eine Menge Fotos geschossen hatte, machten sie sich in die Fußgängerzone auf, in der eine große Anzahl von Geschäften um die Gunst der Käufer warb. Auch auf dem kurzen Weg dorthin begegneten sie unzähligen, wenn auch kleineren baulichen Zeugen der Geschichte der Stadt. Beate war sich sicher, dass ihr Bruder Marc, würde er einmal die Hauptstadt besuchen, unzählige Stunden fotografierend in der Innenstadt verbringen würde.

Bevor sie in der Geschäftsstraße Richtung Bahnhof gingen, machten sie noch einen Abstecher auf den Domplatz, der sich trotz Neugestaltung als seelenloser, karger Raum darstellte. Beate fragte ironisch, ob denn die Hauptstadt einen Steinbruch und ein Werk zur Herstellung von Pflastersteinen und Steinplatten besitze. Lächelnd dementierte Friedrich. Als sie wieder zur Geschäftsstraße – der Kremser Gasse – kamen, sahen sie unzählige Bettler auf beiden Seiten der Straße sitzen. Heute war Markttag gewesen und daher erhoffte man sich ein höheres Spendenaufkommen. Beate meinte, dass die Lage in Bern genauso sei. Nur seien dort die

Bettler rund um den Bahnhof viel aggressiver und mehrmals am Tag musste die Polizei eingreifen, vor allem in den Abend- und Nachtstunden. Gleich sei aber, dass die Mehrzahl der Bettler aus dem ehemaligen Ostblock käme. Hier schienen die Bettler ja zivilisiert zu sein, meinte sie, sie versuchten lediglich, Mitleid mit ihren Hunden zu erwecken. Denn das Betteln mit Kindern war richtigerweise schon vor einiger Zeit verboten worden. Als das Paar in einem kleinen Caféhaus an einem im Freien stehenden Tisch Platz genommen und sich beide einen Kaffee bestellt hatten, erklärte er ihr die Situation: „Die Bettler hier gehören fast alle zu einer Bettelmafia, die die armen Leute, die teilweise eine Behinderung vortäuschen müssen, richtig abzockt." Hauptsächlich seien es hier rumänische Bettler, erzählte er weiter und dass er diese Information von einem befreundeten Polizisten, der in der Hauptstadt Dienst versah, bekommen hatte. Das meiste Geld mussten diese bemitleidenswerten Menschen wieder abliefern, nämlich an Clanchefs in Bulgarien und Rumänien, die dort in unvorstellbarem Luxus lebten. Darüber hatte Friedrich schon vor längerer Zeit einen ausführlichen Bericht der BBC (British Broadcasting Company) im Fernsehen gesehen. Da die Stadtgemeinde kein Bettelverbot erlassen hatte, waren auch der Polizei die Hände gebunden. Und an eine Zusammenarbeit mit den Behörden in den Ländern, in denen diese Bosse residierten, war kaum zu denken. Was ihnen ebenso auffiel, war, dass sich in diesem Bereich der Stadt sehr viele Fremde aufhielten. Die meisten schienen aus Vorderasien und Afrika zu sein. So viele Frauen, die unter einem Kopftuch ihr Haar verbargen und deren Gesicht oft nur teilweise sichtbar war, hatte er zuletzt in Ägypten gesehen. Friedrich fühlte sich zugleich in das tiefste Anatolien versetzt. Unter den Fremden waren viele junge Männer, die keiner geregelten Arbeit nachzugehen schienen, denn man hatte den Eindruck, dass sie auch tagsüber unendlich viel freie Zeit hatten. Bevor Beate ein neues Thema anschneiden konnte, sagte Friedrich zu ihr, dass sie über dieses Thema ja zu Hause diskutieren könnten. Denn für beide war es ein anstrengender Tag gewesen, der ihnen viele neue Eindrücke beschert hatte.

Ein normaler Samstagmorgen. So schien es, als sich das Ehepaar zum Frühstück an den Tisch setzte. Beate hatte weiche Eier gekocht, Friedrich den Schinken und Käse aus dem Kühlschrank geholt und dazu gab es Kaffee, Butter und Marmelade. Der Bäcker hatte schon vor einer Stunde Brot und Gebäck an die Haustür gehängt. Die beiden sahen die Post durch, die in den letzten Tagen eingegangen war und die zu lesen sie bisher keine Zeit gehabt hatten. Obenauf lag eine Gratiszeitung, ein sogenanntes Revolverblatt, wie man im Volksmund sagte. In großen Buchstaben lasen sie die Überschrift ‚Drei Syrer in Wien niedergestochen' und weiter unten die Schlagzeile ‚Unis in Geldnot'. Eigentlich nichts besonders Aufregendes. Es war schon öfter vorgekommen, dass es zwischen Ausländern zu Übergriffen gekommen war und dass der österreichische Staat an notorischem Geldmangel litt, war auch nichts Neues. Dauernd wurde Geld, das nicht noch einmal verdient war, verteilt und dass man für die Menschen, die legal oder illegal nach Österreich kamen, ziemlich viel Geld brauchte, war bald jedem Österreicher bekannt. Es gab nicht mehr viele Menschen, die an der früheren Willkommenskultur festhielten und sich immer mehr Fremde im Land wünschten. Diese Ideologie hatte ausgedient, aber wie man weiß, frisst Ideologie Hirn. Aber ihr Aufenthalt in der Landeshauptstadt wirkte noch nach und es dauerte nicht lange, bis zwischen Beate und Friedrich eine heftige Diskussion entbrannte. Sie hatten vor zwei Tagen den Eindruck gehabt, dass viel mehr Fremde als Einheimische das Stadtbild der Hauptstadt prägten. Zumindest in der Nähe des Bahnhofs und in der Fußgängerzone. Friedrich kam nicht umhin, den deutsch-französischen Journalisten und Sachbuchautor Peter Scholl-Latour zu zitieren, der gesagt hatte: Wer halb Kalkutta aufnimmt, der hilft nicht Kalkutta, sondern wird selbst zu Kalkutta. Ob diese eindringliche Warnung aus seiner eigenen Feder stammte oder ob er sie von jemand anders nur übernommen hatte, war Friedrich nicht bekannt. Da warf Beate die triste Lage dieser Fremden, die sich alle als Flüchtlinge ausgaben und von vielen auch dafür gehalten wurden, in die Waagschale.

Natürlich, gab sie in der ausufernden Diskussion zu, dass viele der Fremden nach Europa gekommen waren, weil sie dort ernten wollten, wo sie nicht gesät hatten. Natürlich erinnerte sie sich auch an das Gespräch, das sie in ihrer Jugend mit den Schäfers geführt hatte. Erwin hatte sie schon damals gewarnt, dass das viele Geld, das für die eindringenden Menschen gebraucht wurde, den Aufnahmestaaten für Bildung, Infrastruktur und Sicherheit abgehen werde.

Auch erinnerte sie sich an die Zeit, als sie drei Monate in einer christlichen Gemeinschaft, die in der Nähe von Aigle im Kanton Vaud ihr Zentrum hatte, verbrachte. Diese Ortschaft war auch mit dem Namen des Schweizer Reformators Willem Farell verbunden. Dort studierte sie, wie der christliche Glaube auf die vielen Fragen unseres täglichen Lebens eine konkrete Antwort gibt. Eine große Bibliothek und viele Kassetten, auf denen Vorträge zu den verschiedensten Themen gespeichert waren, standen den Lernenden zur Verfügung. Sie arbeitete auch in den Chalets, in denen die meist jungen Menschen untergebracht waren, im Haushalt und im Garten mit. Die Mahlzeiten wurden zu anregenden Diskussionen genutzt und dauerten oft mehrere Stunden. In dieser Gemeinschaft hatte sie einem Vortrag von Francis Schaeffer, der in einem großen öffentlichen Raum stattfand, gelauscht. Es ging dabei darum, wie die amerikanische Verfassung durch den Zuzug fremder Menschen mit ihren fremden Ideen und Vorstellungen verändert und ausgehöhlt worden war. Und Friedrich wies darauf hin, dass die Einwanderer vor allem aus muslimischen Ländern ihre Vorstellungen von Gesellschaft, Staat und Religion mitbrachten und unsere europäische Kultur mit ihren falschen Ideen unterwanderten. Alleine die Vorstellung, dass Religion und Staat getrennt sind, ist vielen dieser Menschen fremd. Auch brachten sie ein archaisches Rechtssystem mit, dass unserer Kultur völlig fremd ist. Aber auf subtile Weise waren diese Vorstellungen in unser gesellschaftliches System eingedrungen.

Beate, die diese Gedanken offen aussprach, änderte mitten in der Diskussion ihre Meinung, zumindest teilweise. Friedrich setzte noch ein Zitat eines deutschen Politikers der Grünen, nämlich von Winfried Kretschmann, drauf. Dieser hatte die Politik in der Flüchtlingskrise als unverzeihliches Ausmaß an Fehleinschätzungen und Nicht-Bewältigung einer Einwanderungswelle massiv mit den Worten attackiert: Salopp gesagt ist das Gefährlichste, was die menschliche Evolution hervorgebracht hat, junge Männerhorden. Solche testosterongesteuerten Gruppen können immer Böses anrichten (s. Handelsblatt vom 10.11.2018). Damit reagierte er auf die ungeheuerlichen Vorkommnisse in Deutschland, besonders in manchen Bädern nach 2015. Harte Worte waren dies für einen Vertreter der Grünen, die ja eigentlich verkappte Linke mit grünem Tarnanstrich sind. Aber nicht nur die Grüne Partei trägt dieses linke Mäntelchen, meinte Friedrich, auch gewisse Umweltorganisationen, wie z. B. Greenpeace. Kurz vor dem Fußballspiel Frankreich gegen Deutschland im Jahr 2021 überflog ein sogenannter Klima-Aktivist der Organisation Greenpeace das Münchner Stadion mit einem motorbetriebenen Fluggerät. Er wollte dabei gegen einen deutschen Autohersteller protestieren. Bevor er einen Ballon abwerfen konnte, verfing er sich in den Seilen einer Kamera und stürzte ab. Dabei verletzte er zwei Männer schwer. Auf diese Erzählung antwortete Beate, dass diese Aktion wohl dem Geltungsdrang einer übersättigten und sinnentleerten Existenz geschuldet und im wahrsten Sinne des Wortes eine Bruchlandung war.

Nach diesem Gespräch unternahmen die beiden einen langen Spaziergang, wobei sie vermieden, die heftig diskutierten Gedanken weiterzuführen. Sie sprachen über Friedrichs Mutter, die in einem fortgeschrittenen Alter war. Zwar konnte sie sich im Großen und Ganzen noch alleine versorgen, benötigte zeitweise aber Hilfe. Da Beate sich noch nicht im Klaren war, ob sie eine Aufgabe in der Firma übernehmen oder sich eine Arbeit außerhalb suchen sollte, konnte sie gewisse Hilfestellungen leisten. Aber sollte sie ihre Aufgabe gefunden haben, sah die Situation anders aus. Das Ehepaar sprach über diese Angelegenheiten, ohne jedoch schon Lösungen gefunden zu haben. Am Nachmittag kehrten Beate und Friedrich bei einem Mostheurigen ein, wo sie eine Jause aßen und dazu gespritzten Most tranken. Für Beate waren solche Schenken etwas ganz Neues, so etwas hatte sie in ihrer Heimat nicht gesehen. Als die beiden sich am Abend mit einem guten Buch in die Ecke des Wohnzimmers verzogen hatten, klingelte Friedrichs Handy. Es war Renate, die sich am Telefon meldete. Sie erkundigte sich, ob die beiden am nächsten Tag, dem Sonntag, gegen neun Uhr Zeit für ein Gespräch hätten und versprach, ein Frühstück für drei Personen mitzubringen. Lediglich der Tisch sollte vorher gedeckt werden. Sie hätte einiges mit ihnen zu besprechen, meinte sie. Sie verabredeten sich im Tiny-Haus, um ungestört miteinander reden zu können. Zuerst sprachen sie über belanglose Dinge, bis Renate einige Fragen zu der Predigt bei der Hochzeit in Bern stellte. Sie hatte die Worte der Rede nicht vergessen und diese hatten in ihrem Herzen weitergewirkt. Beate übernahm das Antworten und sagte zu Renate, dass sie seinerzeit beim Zusammentreffen mit dem Ehepaar Schäfer in Genua ähnliche Fragen gestellt hatte. Auch sie war damals der Meinung gewesen, dass die bloße Zugehörigkeit zu einer Kirche und dem christlichen Kulturkreis einen Menschen zu einem Christen machte. Aber gab es einen solchen Kulturkreis überhaupt noch oder waren die christlichen Werte nicht schon im Schwinden begriffen oder bereits verschwunden? Lebten wir hier in Europa nicht bereits in einer nachchristlichen Ära, in der das biblische Christentum sich in lieben, netten Festen und Traditionen erschöpfte? Auch wenn diese Werte noch vorhanden gewesen wären, hätte das dem Einzelnen nichts genützt. Denn Christsein ist nicht bloß eine äußere Angelegenheit, sondern eine ganz persönliche Entscheidung. Da jeder Mensch von Natur aus von Gott getrennt ist, muss er entsprechend seiner bösen Natur handeln. Und diese böse Haltung musste ausgetauscht werden durch ein Wirken Gottes, das die Bibel Neugeburt oder Geburt von oben nennt.

Denn von sich aus kann kein Mensch den Geboten Gottes gehorchen. Aber ist jemand in Christus, so ist er ein neues Geschöpf, lehrte der Apostel Paulus jene Menschen, die durch Gott Geist Erneuerung und die Vergebung im Glauben an den Opfertodtod Jesu Christi erfahren hatten. Renate erfasste ziemlich schnell Beates Worte und stellte fast die gleichen Fragen, die diese damals in ihrer Jugend beschäftigt hatten. Gottes Wirken führte dazu, dass Beate schon vor vielen Jahren Jesus Christus in ihr Herz aufgenommen hatte und die Vergebung ihrer Sünden erfuhr. Renate tat nun den gleichen Schritt, nämlich auf das Werk Jesu Christi zu vertrauen. Denn jeder muss persönlich die Versöhnung mit Gott in Anspruch nehmen, indem er seine Sünden bekennt. Dadurch gelangt jeder Mensch wieder in die Gemeinschaft mit dem lebendigen Gott und verliert den inneren Zwang zur Sünde. Das Ehepaar erklärte Renate abschließend, dass sie jetzt durch den Heiligen Geist ein neuer Mensch geworden war. Beate und Friedrich beteten mit Renate und luden sie zu den wöchentlichen Treffen des christlichen Bibelkreises in ‚der Bäckerei' ein.

Fortsetzung folgt

L iebe Leserin, lieber Leser, greifen Sie zu Ihrem Smartphone und lauschen Sie dem Song *Heast as net* von Hubert von Goisern und den Alpinkatzen. Denn viel Zeit ist seit dem Beginn unserer spannenden Geschichte vergangen und viele Gestern und Heute haben wir erlebt. Denken wir an den tragischen Beginn unserer Erzählung, als Friedrich Baumgartner senior, der eine nicht unbedeutende Schraubenfabrik – die Friedrich Baumgartner GmbH – aufgebaut hatte und im Luxus lebte, plötzlich verstarb. An Renate, seine Tochter, die sich das Erbe vorzeitig auszahlen ließ und es in der Fremde verprasste. Wir denken an Friedrich junior, der nun die Firma übernahm, einen schweren Unfall hatte und sich im Krankenhaus mehreren Operationen unterziehen musste. Wie er dort zum ersten Mal mit Otto Slamer zusammentraf, der ihm den wahren Sinn von Weihnachten erklärte. Wie er nach seiner Genesung eine Kreuzfahrt unternahm, die ihn nach Genua, Marseille, Avignon und Rom geführt hatte. Wir erinnern uns an sein erstes Zusammentreffen mit Beate Knopfler, an die gemeinsamen Gespräche, die sie geführt hatten. Wir denken an die gegenseitigen Besuche der beiden und wie Friedrich Beate in Bern, ihrer Heimatstadt, einen Heiratsantrag gemacht hatte. In fester Erinnerung bleibt uns auch das Hochzeitsfest. Und auch ihre erste gemeinsame Fahrt in die Landeshauptstadt, die für genügend Gesprächsstoff sorgte.

Aber weiter in unserer Familiengeschichte.

Friedrichs Firma expandierte und es war notwendig geworden, neue Fertigungshallen zu bauen. Dazu mussten Kredite aufgenommen und neue Mitarbeiter gefunden werden. Für eine gut gehende Firma sich Kapital bei einer Bank zu leihen, war nicht schwer. Es gab genug Sicherheiten und die Auftragsbücher waren voll. Die Friedrich Baumgartner GmbH wurde nun öfter von der Landesregierung beauftragt, für manche ihrer Projekte das nötige Verbindungsmaterial zu liefern. Friedrich hatte jetzt viel auf den Baustellen und im Büro der Landesregierung zu tun. Seine Schwester Renate hatte sich in den letzten Jahren gut eingearbeitet und sie betreute nicht nur die Werbung und Vermarktung für die Schraubenfabrik, sondern sie vertrat Friedrich auch immer öfter. Sie fuhr auf Messen, sprach mit potenziellen Abnehmern und schloss manchmal Verträge ab. Viel schwieriger war es da, geeignete Mitarbeiter zu finden. Auch wenn Teile der Fertigung von Robotern erledigt wurden, geeignete Mitarbeiter brauchte es immer. Die Betonung lag dabei auf ‚geeignet‘. Es meldeten sich zwar viele, aber die meisten von ihnen waren ungeeignet. Und es gab auch nicht genug Lehrlinge, die für die teilweise schwierige Produktion ausgebildet werden konnten. Bei einigen fehlte es an den notwendigen handwerklichen Fähigkeiten, und so manch anderer tat sich schon bei den vier Grundrechnungsarten schwer. In den Anfangszeiten der Firma unter Baumgartner senior hatte das Werk vierunddreißig Mitarbeiter gehabt. Im Laufe der Zeit aber war die Zahl der Dienstnehmer auf einhundertsiebenundachtzig angewachsen. Nach Fertigstellung der Hallen wurden noch rund zwanzig zusätzliche Mitarbeiter benötigt. Friedrich hatte Mühe, geeignetes Personal zu finden. Viele der vom Arbeitsmarktservice zugewiesenen Arbeiter und Angestellten waren aber gar nicht arbeitswillig, sondern waren nur auf die Unterschrift aus, die bescheinigen sollte, dass sie vorgesprochen hatten. Mit der Zeit weigerte sich Friedrich, für solche Menschen Bescheinigungen auszustellen, die nicht wirklich um Arbeit bemüht waren.

Wie bereits erwähnt, hatte sich Friedrichs Schwester Renate gut eingearbeitet und war eine große Stütze für ihren Bruder. Aber da sich ihre familiäre Situation geändert hatte, konnte sie sich nicht mehr so einbringen wie früher. Sie hatte nämlich im Bibelkreis in der ‚Bäckerei‘ einen um zwei Jahre jüngeren Mann kennengelernt und geheiratet. Das neue Familienmitglied hieß Josef Berger und arbeitete im Tourismusbüro des Gemeindeamtes. Der Ehe war eine Tochter entsprungen, die jetzt ein Jahr alt war und ganztags betreut werden musste. Wenn das Paar mit Beate und Friedrich in den Bibelkreis wollte, musste sich immer jemand um die kleine Lena kümmern. Manchmal übernahm dies die Großmutter, aber da sie schon etwas betagt war und gerne früher schlafen ging, konnte sie nicht immer einspringen. Viel Berufliches konnte Renate von zu Hause aus erledigen, aber so manche Tätigkeit, wie der Besuch von Messen, erforderte ihre tatsächliche Anwesenheit. Beate, die eher künstlerisch begabt war und ihre Arbeit in dem kleinen Antiquitätenladen in Bern gern getan hatte, entschied sich, nicht in der Firma mitzuarbeiten. Sie fand nach einigen Anfangsschwierigkeiten bei der Suche nach einer geeigneten Tätigkeit eine Stelle in der etwa siebzehn Kilometer entfernten größeren Stadt in einem Museum. Anfangs durfte sie nur in der Werbung und bei Führungen ihre Fähigkeiten unter Beweis stellen. Aber sie tat das so sorgfältig und zur Zufriedenheit des Leiters, dass dieser sie bald zu verantwortungsvolleren Tätigkeiten heranzog. Sie durfte Ausstellungen konzipieren, mit anderen Museen wegen Leihgaben in Kontakt treten und Musikabende und Lesungen organisieren. Sie tat ihre Arbeit gern und wäre sicher in Friedrichs Firma fehl am Platz gewesen, obwohl dieser es gern gesehen hätte, wenn sich Beate in der Firma nützlich gemacht hätte. Daher war es für Baumgartner unumgänglich, sich für die wirtschaftlichen Angelegenheiten einen Buchhalter zu suchen, denn die Aufgaben hatten bereits ein solches Ausmaß erreicht, dass diese Tätigkeit für ihn oder Renate unmöglich zu bewältigen war. Friedrich ging bei seiner Suche langsam und sorgsam vor und führte lange Gespräche mit den Interessenten.

Als Erster sprach ein junger Mann vor, der sich als ‚Tiefi' vorstellte. Danach nannte er erst seinen richtigen Namen, nämlich Johann Tiefenbacher. Er wies darauf hin, dass er ein BWL-Studium abgeschlossen hatte und nun gezwungen sei, sich eine Arbeit zu suchen, da ihn seine Eltern dazu drängten. Bevor nun Friedrich Fragen stellen konnte, meinte er in einem Ton, der keinen Widerspruch duldete, dass er nur eine Viertagewoche akzeptieren könne, da er viel Zeit für seine Freizeitaktivitäten brauche. Und zeitweise würde er unbezahlten Urlaub benötigen, da er oft auf Reisen sei, um seinen Horizont erweitern zu können. Friedrich war erstaunt, dass dieser junge Mann noch gar nicht gefragt hatte, was seine Aufgaben in der Firma wären. Ihn interessierte lediglich die Höhe der Entlohnung. Der Firmeninhaber reagierte natürlich gereizt und antwortete ihm, dass für eine solche Einstellung selbst eine Bezahlung nach Kollektivvertrag zu hoch sei. Johann Tiefenbacher erwiderte nun in einem unsachlichen Ton, dass Greta Thunberg bei ihrer Buchpräsentation in London recht gehabt hatte, als sie meinte, wir bräuchten nicht bloß einen Wandel unserer Einstellung zum Klimaproblem, sondern wir bräuchten auch einen Wandel des gesellschaftlichen Systems. Denn im wachstums- und profitorientierten Kapitalismus ließe sich der Klimawandel nicht bekämpfen, war ihre Meinung. Ihr Kampf, so fuhr sie in ihren wirren Gedankengängen fort, gelte jetzt auch der Überwindung des unterdrückerischen und rassistischen westlichen Wirtschaftssystems.

Was hat denn diese junge Frau – und der Chef meinte es höflich – in ihrem Leben schon für die Wirtschaft geleistet und woher bezieht sie ihre Kenntnis für Wirtschaftsabläufe, konterte Friedrich heftig. Beim Schulschwänzen kann sie ja nicht viel gelernt haben, ergänzte er noch bissiger. Und Karl Marx (oder sollte man besser sagen Murks) hätte dies auch nicht besser ausdrücken können, ätzte der Firmeninhaber. Fürs Erste verschlug es Tiefenbacher die Sprache, dann versuchte er, sich zu verteidigen, brachte jedoch nur ein paar Schlagworte und Worthülsen heraus. Es sei fünf vor zwölf, man hätte den jungen Menschen ihre Zukunft gestohlen und er zitierte auch noch den UNO-Generalsekretär mit seiner total der Wirklichkeit entfremdeten Äußerung, dass wir auf dem ,Highway to hell' seien. Darauf antwortete Baumgartner auch in Englisch, ob es denn überhaupt noch eine ‚Future for Fridays‘ (Zukunft für die Freitage) gäbe? Hoffentlich nicht, ergänzte er und verabschiedete sich von dem jungen Mann, ohne ihn über die elementarsten wirtschaftlichen Zusammenhänge in Kenntnis zu setzen. Denn er war der Meinung, dass eine solche Belehrung nicht nur gratis, sondern auch umsonst gewesen wäre. Er wies lediglich darauf hin, dass in der zweitgrößten Stadt Österreichs nach einem Jahr der Führung durch eine kommunistische Bürgermeisterin die Finanzen der Stadt ordentlich ins Trudeln geraten waren. So viel zum Thema Gesellschaftsveränderung, gab Friedrich dem jungen Mann noch mit auf den Weg.

Auch der nächste Kandidat, der sich vorstellte, hätte sich sein Vorstellungsgespräch besser überlegen sollen. Denn er begann sofort mit einer Kapitalismuskritik, sprach von der Ausbeutung des Menschen durch den Menschen und von der Abschaffung des Privateigentums. Er war der Meinung, dass es ein arbeitsfreies Grundeinkommen geben sollte, dann bräuchte er hier nicht wie ein Bittsteller vorzusprechen. Auch Bernhard Maurer sprach über die Klimabewegung mit ihrer antikapitalistischen Ausrichtung, die in neuerer Zeit immer sichtbarer wurde. Friedrich unterdrückte seine Apathie gegen den jungen Bernhard und fragte ihn, wohin denn die Reise gehen sollte, wenn niemand mehr arbeiten wollte. Womit sollten die Sozialsysteme finanziert werden, womit die Ausgaben für Bildung und Gesundheit, gab Friedrich zu bedenken. Dann versuchte er, ihm aus christlicher Sicht den Sinn der Arbeit und des Privateigentums zu erklären. Denn das Gebot ‚Du sollst nicht stehlen‘ mache nur in einer Gesellschaft Sinn, in der es Privateigentum gibt. Jeder sollte die Früchte seiner Arbeit sehen und genießen können, meinte er. Als der Chef auf die Uhr sah, bemerkte er, dass das Vorstellungsgespräch fast eine Stunde gedauert hatte. Aber konkret über die Arbeit hatten sie kein einziges Wort gesprochen. Als Herr Maurer sich bereits erhob, lud ihn Friedrich zum christlichen Hauskreis in der ‚Bäckerei‘ ein. Leider hat er ihn dort niemals gesehen.

Nach zwei Monaten intensiver Suche und einigen längeren Gesprächen, die anders als die beiden ersten verlaufen waren, hatte der Firmeninhaber endlich eine Person gefunden und eingestellt, die ihm gut ausgebildet und vertrauenswürdig erschien. Sie vereinbarten eine Probezeit von einem Monat und als Friedrich den Einsatz und die Kenntnisse des Herrn Karl Watzner schätzen gelernt hatte, wurde das Arbeitsverhältnis danach unbefristet. Der neue Mitarbeiter war von schneller Auffassungsgabe und lebte sich schnell in sein Aufgabengebiet ein. Für Renate und Friedrich brachte seine Einstellung eine große Entlastung. Watzner schlug Baumgartner die Einführung einer Kantine vor, die sich nur selbst tragen und keinen Gewinn abwerfen sollte. Dadurch könnte man ein günstiges Mittagessen anbieten und die Zufriedenheit der Belegschaft steigern. Günstige, regionale Anbieter für landwirtschaftliche Produkte kenne er aus seinem früheren Arbeitsverhältnis genug. Friedrich überlegte sich einen Tag lang die Angelegenheit und beauftragte seinen Buchhalter, ein Finanzierungskonzept zu erstellen. Als dieses zu seiner Zufriedenheit ausfiel, übertrug Baumgartner Herrn Watzner die Planung und Ausführung des Vorhabens. Als er Beate von seiner Entscheidung für die Einrichtung einer Kantine erzählt hatte, war diese der Meinung, dass man den Beschäftigten auch eine Bibliothek anbieten sollte. Dort könnte man den Mitarbeitern Bücher mit christlichem Inhalt und gut ausgewählte Romane und Sachbücher zum Ausleihen zur Verfügung stellen. Beate bot sich an, für den Erwerb und die Auswahl der Bücher zu sorgen. Sie wollte sich auf einigen Bücherflohmärkten umsehen, um günstige Exemplare erwerben zu können. Wegen der christlichen Bücher setzte sie sich mit ihren Freunden aus der Gemeinschaft in Bern in Verbindung. Diese sagten zu, antiquarische, christliche Literatur zu sammeln und zur Verfügung zu stellen. Auch der Hauskreis in der ‚Bäckerei‘ wurde informiert und brachte einige Kartons, gefüllt mit christlichen Büchern, vorbei. Als man in Bern eine große Anzahl an Literatur gesammelt hatte, riefen die alten Freunde von dort an, um Beate dies mitzuteilen. Sie entschied sich, die Bücher selbst abzuholen und einige Tage in ihrer Heimatstadt zu verbringen. Sie fragte ihre Schwägerin Renate, ob sie Lust hätte, mitzufahren. Da ihr Mann zwischenzeitlich auf Lena aufpassen wollte, entschied auch sie sich, einige Tage in die Schweiz zu fahren. Beate wollte sich natürlich mit ihrem Bruder Marc und seiner Familie treffen, der sie bis jetzt in der neuen Heimat noch nicht besucht hatte. Vollgepackt mit Erinnerungen an die in Bern verbrachten Tage kamen die beiden Frauen mit drei Umzugskartons voller Bücher wieder zu Hause an. Friedrich hatte sich zwischenzeitlich entschieden, auch einen finanziellen Beitrag für den Erwerb von neuen Büchern zur Verfügung zu stellen, die seine Frau umgehend auswählte und bestellte. Eine Woche später bekam sie von der Buchhandlung die Nachricht, dass alle bestellten Bücher eingetroffen waren und zur Abholung bereitstünden.

Friedrichs Mutter hatte nun ein betagtes Alter erreicht. Sie versorgte sich zum größten Teil noch selbst, führte ihren kleinen Haushalt, war aber bei gewissen Tätigkeiten auf fremde Hilfe angewiesen. Die Körperpflege und das Ankleiden wurden immer mühsamer und daher wurde ein Pflegedienst, der ihr unter die Arme griff, angefordert. Es war für Großmutter Baumgartner am Anfang sehr schwer, Hilfe anzunehmen, denn sie war immer eine selbstständige Frau gewesen, was zeitweise zu einigen Unstimmigkeiten in ihrer Ehe geführt hatte. Trotzdem war sie Friedrich senior eine gute Ehefrau gewesen. Bald akzeptierte sie die Heimhilfen und war letztendlich über die Entlastung froh. Zweimal in der Woche wurde sie auch von einer Raumpflegerin der Firma im Haushalt unterstützt. Sie verbrachte die meiste Zeit zu Hause mit Lesen und Sticken, denn geistig war Frau Helene noch immer fit. Ihre Wohnung verließ sie meist nur zu besonderen Anlässen. So auch am 24. Dezember, dem Weihnachtsabend. Friedrichs Mutter hatte in der Lokalzeitung gelesen, dass die Evangelische Kirche um 19.00 Uhr zu einem Weihnachtsgottesdienst einlud. Sie bat ihren Sohn, mit ihr dorthin zu fahren. Der frühe Beginn kam ihr entgegen, da sie meistens am Abend sehr müde war und früh schlafen ging.

Friedrich fragte seine Frau und Renate, ob sie mitfahren wollten. Die beiden entschieden sich dafür und kurz nach 18.30 Uhr ging die Fahrt los. Der Sohn half seiner Mutter galant auf den Beifahrersitz, die beiden Frauen nahmen auf der Rückbank Platz. Als sie beim Kirchengebäude ankamen, warteten schon viele Leute auf den Einlass. Im Gebäude probte gerade der Kirchenchor. Endlich öffnete sich die Tür und die Menschen strömten ins Innere. Jeder versuchte natürlich, einen guten Platz zu bekommen, aber es gab weder ein Gedränge noch unschöne Worte.

Auch der Pfarrer war etwa zur gleichen Zeit aufgebrochen wie die Familie Baumgartner. Pastor Wegner hatte am Nachmittag mit seiner Frau Kaffee getrunken und sich ein paar Kekse schmecken lassen. Seine bessere Hälfte meinte, dass heute wieder viele Menschen kommen würden, allein schon wegen der seligen Stimmung. Manche Besucher kamen nur ein- bis zweimal im Jahr und dann immer nur zu einem besonderen Anlass. Man konnte davon ausgehen, dass sie ein gefühlsmäßiges Erlebnis suchten, das sie vielleicht sonst nirgendwo anders fanden. Da hatte der Pfarrer eine originelle Idee. Seine Frau nannte sie jedoch fies und gemein. Er bat seine Ehefrau, ein frisches Hemd herzurichten und die Predigt des Ostersonntags von vor zwei Jahren herauszusuchen. Mit beiden verließ er das Pfarrhaus. Als alle Gottesdienstbesucher auf ihren Plätzen saßen, begann der Posaunenchor zu spielen. Der Kirchenchor sang ‚Jesus meine Freude' von Johann Sebastian Bach. Der Chor legte sich mächtig ins Zeug und auch die Posaunenbläser standen ihnen in nichts nach. Der Gottesdienst begann vertraut mit der Liturgie, bei der es ja kaum eine Abwechslung gibt. Gebet, Lesung und Glaubensbekenntnis wechselten sich so wie jeden Sonn- und Feiertag ab. Dann kam der Predigttext, der im Alten Testament im Propheten Jesaja stand. Auch dieser Text hatte schon viele Weihnachtsgottesdienste erlebt. Dann aber war es mit der Routine vorbei. Langsam und einfühlsam führte der Pastor die versammelte Gemeinde zum Kern der Predigt. Wer sich jetzt Berichte über das Geschehen von Weihnachten erwartet hatte, wurde enttäuscht. Aber es gab nicht viele Besucher, die den Unterschied bemerkten. Die meisten sahen mit selig verklärtem Blick nach vorne und man hätte meinen können, dass sie andächtig den Worten der Predigt lauschten. Anscheinend waren sie aber in ihre eigenen Gedanken versunken, denn kaum einer von ihnen blickte verdutzt, als der Pfarrer über das Geschehen am Karfreitag, die Kreuzigung und schließlich die Auferstehung sprach. Pfarrer Wegner musste sich sehr anstrengen, um nicht zu grinsen. Die Themenverfehlung zeigte kaum Wirkung, lediglich ein älterer Herr ging eiligen Schrittes mit vor dem Mund gehaltener Hand aus dem Raum. Als er einige Meter von der Tür entfernt war, lachte er laut und herzlich. Nach der Predigt ging es gewohnt weiter. Zum Schluss spielte der Posaunenchor ‚Stille Nacht, Heilige Nacht' und fast jeder sang kräftig mit. Als sich der Pastor von jedem Gemeindeglied mit Handschlag verabschiedete, beglückwünschten ihn viele zur gelungenen Predigt und verließen selig lächelnd die Kirche. Als der Pfarrer etwas später nach Hause kam, erzählte er seiner Frau, was er erlebt hatte. Die Frau sah ihn fragend an und sagte nochmals, dass dies eine fiese Idee gewesen war. Auch Mutter Baumgartner hatte nichts von der Themenverfehlung gemerkt, denn sie hatte ihr Hörgerät zu Hause vergessen. Aber ob es nur daran lag?

Fünf Monate nach Weihnachten waren die neuen Werkshallen, die größtenteils in Fertigbauweise errichtet wurden, aufgestellt worden. Lediglich der Zubau für die Kantine und die Bibliothek wurden erst einige Monate später fertig. Renate und ihre Schwägerin planten zwischenzeitlich den Innenausbau dieser Räume, die der Belegschaft zugutekommen sollten. Auf den Dächern der neuen Werkshallen montierten die Arbeiter Photovoltaikpaneele, um den Strombedarf für die Maschinen und die Heizung im Winter zu decken. Friedrich war öfter auf der Baustelle und freute sich über die Fertigstellung der neuen Produktionshallen. Auch wenn der größte Teil der Produktion von Verbindungselementen von Robotern übernommen werden sollte, brauchte es trotzdem Menschen zum Programmieren, zur Überwachung und für eventuelle Reparaturarbeiten. Es hatte sich ausgezahlt, dass Baumgartner die neuen Mitarbeiter sorgfältig und über einen längeren Zeitraum hin ausgewählt hatte. Denn schlussendlich hatte er ein Team von motivierten und gut ausgebildeten Arbeitskräften gefunden, die nur auf die Eröffnung der neuen Hallen warteten. Einen Teil des Teams setzte er schon vor der Eröffnung für den Innenausbau der Kantine und der Bücherei ein. Der Buchhalter Karl Watzner hatte gute Arbeit geleistet und der Bau wurde termingerecht fertig. Zur Eröffnungsfeier bekamen alle Dienstnehmer einen halben Tag frei und wurden wie die geladenen Gäste aus Politik und Wirtschaft köstlich bewirtet. Die Vorbereitungen für das Fest, nämlich die Einladungen, die Auswahl der Speisen und der Catering-Firma hatte natürlich wieder Renate übernommen. Der Chef bat die Redner, sich kurz zu fassen, denn auch er wollte seinen Mitarbeitern ein paar Worte mit auf den Weg in die Zukunft geben. Und es sollte auch noch genügend Zeit für Speis und Trank bleiben. Alle Redner hielten sich daran, kurz ein paar Worte über die Firma und ihren Beitrag zum Wohlstand in der Region zu sagen, nur einer hielt sich nicht daran – Friedrich Baumgartner, der Chef. Gerade als Friedrich seine Rede begann, traf der Reporter der Lokalzeitung ein. Er blickte sich ratlos um und als ihn Renate, die ihn auch privat kannte, sah, ging sie zu ihm hin und führte ihn an den reservierten Platz für die Presse.

Friedrich dankte der Belegschaft für ihren Anteil am Erfolg der Firma und wies darauf hin, dass es vor allem ihrem Fleiß und ihrer Mühe zu danken sei, dass das Werk florierte und Gewinn erwirtschaftete. Dies hatte es ermöglicht, die zusätzlichen Hallen zu bauen und neue Maschinen zu kaufen. Er dankte Renate für ihren Einsatz bei der Gestaltung der Feier, dem neuen Buchhalter für die Idee mit der Kantine und schlussendlich seiner Frau Beate, die sich für die Bibliothek eingesetzt hatte. „Leider", so fuhr er fort, „hat sich die Einstellung zur Arbeit heutzutage teilweise geändert und es gibt Menschen, die man mit Leistungsdenken nicht mehr motivieren kann. Sie sind nur an Selbstverwirkli-

chung und Spaß interessiert und für die finanzielle Sicherheit
soll die Gemeinschaft, der Staat, aufkommen." Leider radikali-
siere sich auch die Szene der sogenannten Klimaretter und ihrer Befürworter gegen die freie Marktwirtschaft und setze sich
für eine romantisierende Verzichtsromantik ein, die die beste-
hende Wirtschaft, die einem großen Teil der Bevölkerung des
Landes Arbeit und Brot gibt, in Gefahr bringt. „Ich war vor einigen Jahren in der Lausitz im ehemaligen Ostdeutschland bei
einem Bekannten zu Besuch", erzählte der Chef, „und bin dabei zufällig in einer Auseinandersetzung zwischen sogenannten
Klimarettern und der Bevölkerung gelandet. Auf der einen Seite standen Menschen, die um ihre Arbeitsplätze im Kohleberg-
bau Angst hatten, auf der anderen Seite schreiende junge Menschen mit verzerrtem Gesicht, die in keiner Weise Verständnis
für die Nöte der dort arbeitenden Bevölkerung hatten. Wie denn
auch", sagte Friedrich zornig, „es waren ja die verwöhnten Kinder von Ärzten, Anwälten und Professoren. Ebenso bringen diese verwirrten Öko-Taliban die Landwirtschaft, die eben für die
Nahrung aller sorgt und das in nicht geringer Menge, in Verruf,
denn nicht jeder kann oder will sich auch biologisch angebaute
Produkte leisten oder auf Fleisch verzichten. Aber das ist meiner Meinung nach auch gar nicht nötig", ergänzte der Firmenchef. „Mit ihrer Endzeitrhetorik, die der des Mittelalters ähnelt,
verunsichern diese sektenähnlichen Gruppen wie ‚Fridays for
(no) future‘ nur die Menschen und rauben ihnen Sicherheit und
Kraft für die Zukunft. Diese Ideologie der Untergangssehnsucht
gipfelt in dem Buch des britischen Ökonomen Graeme Maxton,
der die liberale Demokratie in seinem Werk ‚Globaler Klima-
notstand‘ infrage stellt. Er ist darin der Meinung, dass es notwendig sei, um das Klimaproblem zu lösen, das demokratische
System für längere Zeit außer Kraft zu setzen." Aber, so führte Friedrich weiter aus, er habe noch keine kritischen Stimmen
gegen diese staatsgefährdenden und gefährlichen Äußerungen
gehört. Er machte eine kurze Pause, damit seine Befürchtungen
auch in die Köpfe der Zuhörer sickern konnten. „Ich möchte gar
nicht auf die wirre Äußerung des UNO-Generalsekretärs (wir

befinden uns auf der Autobahn in die Hölle) hinweisen, sondern nun zum Schluss kommen", meinte Baumgartner nach zwanzig Minuten Rede. „Einiges zu diesem Thema und auch noch zu vielen anderen, können Sie ab nun auch in den Büchern der Bibliothek nachlesen, die Ihnen ab sofort gratis zur Verfügung steht. Vielleicht wird es Sie wundern", ergänzte er noch, „dass Sie dort auch viele christliche Bücher finden werden. Aber ich habe mich vor einigen Jahren dazu entschieden, Jesus Christus in Wort und Tat nachzufolgen."

„Das Buffet ist eröffnet", sagte er nach einer weiteren kurzen Pause. „Auf diesen Satz haben Sie sicher schon lange gewartet", fügte er noch kurz hinzu und verließ das Rednerpult. Friedrich setzte sich zu den Vertretern aus Politik und Wirtschaft, wo auch der Reporter Platz genommen hatte. „Das war eine ausführliche und gewagte Rede, die Sie Ihrer Belegschaft und den Gästen zugemutet haben", meinte der Pressevertreter. „Diesen Worten wird sicher öffentlich widersprochen werden und ich hoffe, dass es zu keinen juristischen Konsequenzen für Sie führen wird", meinte er noch ergänzend. „Denn diese Gruppierungen, die Sie kritisiert haben, sind ziemlich streitlustig und es gibt genug Anwälte, die sich profilieren und auf sich aufmerksam machen möchten." Friedrich erwiderte ihm, dass man mit der Wahrheit immer jemandem auf die Füße treten wird, und zitierte dabei die Äußerung einer österreichischen Schriftstellerin, dass die Wahrheit den Menschen zumutbar ist. „Und über die Aktivisten, die sich an Kunstwerke kleben, haben Sie kein Wort verloren?", fragte der Reporter süffisant. „Erstens sind das keine Aktivisten, sondern im besten Fall Vandalen, die nicht verstehen, was die Kunst für unsere abendländische Kultur bedeutet", konterte Friedrich Baumgartner. „Ich nenne sie geistig verwahrloste Existenzen, Klimaterroristen." „Sie haben sich soeben als Christ bezeichnet", meinte der Reporter eine Tonlage schärfer, „wie können Sie dann solche Antworten geben?" „Ich stehe Ihnen gerne für ein ausführliches Gespräch, was Christsein für mich bedeutet, zur Verfügung, aber jetzt möchte ich mit meiner Belegschaft feiern", meinte Friedrich. Nachdem die beiden einen Termin vereinbart hatten, ging Friedrich zu den Tischen, an denen die Belegschaft feierte. Seine Frau und seine Schwester hatten sich bereits unter die Mitarbeiter gemischt und unterhielten sich angeregt mit der Belegschaft. Da diese schon einige Fragen zu Friedrichs religiöser Einstellung gestellt hatten, sagten sie den interessierten Menschen zu, dass Baumgartner in nächster Zeit in irgendeiner Form dazu Stellung nehmen werde.

Das Fest wurde in jeder Hinsicht ein großer Erfolg. Die Catering-Firma hatte sich mit ihren Speisen und Getränken förmlich überboten und auch Friedrichs Rede hatte trotz der Länge Anklang gefunden und Interesse geweckt. Um zweiundzwanzig Uhr verließen die letzten Gäste das Fest. Jeder der Anwesenden erhielt eine große Schraube aus Schokolade, die man in einer steirischen Schokoladenmanufaktur herstellen ließ. Noch Tage später sprach man über die gelungene Feier und die Neuigkeiten, die man dort erfahren hatte. Vier Tage später, als Friedrich gerade bei einer Besprechung war, klingelte sein Telefon. Obwohl die Nummer, die das Display anzeigte, unbekannt war, nahm er das Gespräch an. Es war der Reporter der Lokalzeitung, der Friedrich an sein Versprechen, ihm ein Interview über seinen Glauben zu geben, erinnerte. Baumgartner lud ihn in die Firma ein, aber der Pressevertreter bevorzugte ein Treffen bei einem Mostheurigen. Den Einwand, dass es dort viel zu laut sei, entkräftete der Anrufer, dass er einen Heurigen kenne, dessen Wirt auch am Vormittag für sie öffnen würde. Sie vereinbarten den nächsten Tag für das Gespräch. Um zehn Uhr erschienen beide pünktlich, und der Wirt hatte bereits einen Tisch für sie gedeckt. Nach einem kurzen Wortwechsel, bei dem einige Allgemeinplätze ausgetauscht wurden, begann der R(eporter) mit seinem Interview. F(riedrich) versuchte, die Fragen präzise und umfassend zu beantworten.

R: Was hat Sie dazu bewogen, der christlichen Lehre zu folgen und welche Taten setzen Sie?

F: Moment, begann Friedrich, man kann das Pferd nicht vom Schwanz her aufzäumen. Bevor man als Christ handeln kann, muss man erst mal einer sein. Viele Menschen glauben, dass, wenn sie getauft sind und einer Kirche angehören, sie sich als Christen bezeichnen können, aber das ist falsch. Gott hat den Menschen zur Gemeinschaft mit ihm geschaffen. Dieser aber rebellierte gegen Gottes gute Vorschriften und verlor dadurch diese einzigartige Beziehung. Auch wenn der Schöpfer die Gebote in das Herz des Menschen gegeben hat und zu ihm durch Natur, Gewissen und Geschichte redet, kann die gebrochene Gemeinschaft nur durch das Opfer am Kreuz von Golgatha gesühnt werden. Und jeder Mensch muss diese Versöhnung persönlich unter Bekennen seiner Schuld im Gebet für sich in Anspruch nehmen. Da helfen keine äußeren Handlungen oder falsche Mittler, keine guten Werke und auch keine Kirche.

R: Sie haben diese Frage ja ausführlich behandelt, meinte der Vertreter der Presse. Aber es interessiert unsere Leser sicherlich auch, ob denn dann ein Mensch, der zum Glauben gefunden hat, einfach so weiterleben kann wie bisher? Gibt es denn keine Konsequenzen im täglichen Leben, wenn diese Beziehung zu Gott wiederhergestellt worden ist?, fragte der Reporter noch nach.

F: Natürlich gibt es diese, antwortete Friedrich. Denn die Gemeinschaft mit dem lebendigen Gott, die wir durch eine neue Geburt durch Gottes Geist erfahren, befreit den Menschen vom Zwang der Sünde. Auch wenn dieses Wort *Sünde* aus der Mode gekommen zu sein scheint, spricht die Bibel klar über die Verfehlungen der Menschen. Vieles, was in unserer heutigen Gesellschaft salonfähig ist, toleriert und auch manchmal von Teilen der Kirchen gebilligt wird, ist in Gottes Augen Sünde. Aber der Heilige Geist schenkt uns die Kraft, die Sünden zu erkennen und zu überwinden. Natürlich braucht jeder Mensch immer wieder aufs Neue die Vergebung durch das Blut Jesu Christi, denn solange wir in dieser Welt leben, werden wir manchmal Versuchungen nachgeben.

R: Welche guten Werke gibt es in Ihrem Leben, was tun Sie, damit Sie die christliche Lehre erfüllen?

F: Um es noch einmal ganz klar zu sagen: Niemand kann durch gute Werke sich Gottes Liebe erkaufen und was gute Werke sind, entscheidet allein Gott. In der Abhängigkeit von unserem Schöpfer und Erlöser werden wir durch Gebet und dem Studium der Heiligen Schrift erfahren, was Gott von uns will. Denn Gott ist nicht ein schweigender Gott, sondern er hört uns und er redet zu uns. Und er schenkt uns die Kraft, seinen Willen zu tun. Das bedeutet beständiges geistliches Leben und Wachstum im Glauben. Denn der Mensch lebt nicht vom Brot allein, sondern und ganz besonders durch das Wort, das aus Gottes Mund kommt. So hat es uns Jesus Christus erklärt.

R: Noch eine allerletzte Frage, die unsere Leser derzeit brennend beschäftigt. Haben Sie immer noch die gleiche Einstellung allen Klimaaktivisten gegenüber, die Sie in Ihrer Rede bei der Betriebsfeier geäußert haben?

F: Ja, da hat sich nichts verändert und um das zu verdeutlichen, werde ich Ihnen meine E-Mail an die Synode der Evangelischen Kirche Deutschlands vorlesen, die sich mit diesen Vandalen der Letzten Generation (oder sollte man diese Last Generation nicht Lost Generation nennen?) solidarisiert hat.

Sehr geehrte Damen und Herren!

Seid Ihr noch ganz bei Trost?

Mit Erschüttern habe ich einen Artikel in der Zeitung die WELT gelesen, dass die Synode die Klimaaktivisten, besser gesagt Klimaterroristen, der Letzte Generation eingeladen und sich mit diesen sinnentleerten Aktionen von übersättigten und geistig verwahrlosten Bürgerkindern solidarisch erklärt hat. Eine Kirche, die vom Herrn den Auftrag hat, in alle Welt zu gehen, das Evangelium zu predigen, Menschen zu Jüngern Christi zu machen und im Glauben zu unterweisen (Matthäusevangelium Kap. 28 V. 19ff) verbrüdert sich mit dem bösen linksgrünen Ungeist. Für mich stellt sich die Frage, wessen Geistes Kind eine solche Kirche ist. Welcher Jesus wird da gepredigt, welches Evangelium verkündigt und welchem Geist folgt man (2. Korintherbrief Kap. 11, V. 4 und 5)? Wie kann man sich nur Menschen anbiedern, die die Gesetze des Staates mit Füßen treten und Sachbeschädigungen verursachen. Sie dürfen sich nicht wundern, wenn Ihnen die Menschen in Scharen davonlaufen. Als Christ in Österreich würde auch ich keine Kirche mehr finanziell unterstützen, die zum Ungehorsam nicht nur keine klare Stellung bezieht, sondern diesen noch unterstützt.

Diese Zeilen sollen nicht nur als Kritik verstanden werden, sondern als Aufruf zur Buße und Neubesinnung.

MfG ...

Die Antwort auf diese E-Mail ließ zwar einige Zeit auf sich warten, war aber sehr ausführlich. Sicherlich gab es eine Vielzahl von Stellungnahmen zu beantworten. Und doch war Friedrich nicht glücklich über die darin angeführten Argumente. Denn sie waren alle nur diesseitig mit vagen Aussagen über die Verantwortung für die Schöpfung. Kein jenseitiger Bezug, dass Gott einen neuen Himmel und eine neue Erde schaffen wird, kein Wort darüber, dass sich der Verfassungsschutz bereits für diese NGO interessierte und seitens der Polizei bereits Hausdurchsuchungen durchgeführt wurden. Auch das seelsorgerische Argument lief für Baumgartner ins Leere. Denn Seelsorge galt auch für Häftlinge, die bereits mit dem Gesetz in Konflikt geraten waren. Doch kein vernünftiger Mensch würde sich mit solchen Personen und ihren Handlungen solidarisieren. Friedrich überlegte lange, was er antworten sollte. Er suchte lange nach Worten, die nicht verletzend waren, aber klar die Wahrheit ausdrückten.

*Um unsere Geschichte nicht in die Länge zu ziehen, finden Sie Fried-
richs Antwort am Ende des Buches als Epilog.*

Unter der Voraussetzung, dass das Interview in der Lokalzeitung abgedruckt wurde, bestellte Baumgartner zweihundert-
fünfzig Exemplare, die er seinen Mitarbeitern gratis zur Verfügung stellen wollte. Damit wollte er das Versprechen einlösen,
das seine Frau und seine Schwägerin der Belegschaft gegeben
hatten. Die beiden hatten zugesagt, dass Friedrich über seinen Glauben offen sprechen wird. Der Reporter versprach alles in seiner Macht Stehende zu tun, den Artikel in der Zeitung
zu veröffentlichen. Und er hielt sein Versprechen. In der neu-
esten Ausgabe der Lokalzeitung war das Gespräch auf Punkt
und Komma genau zu lesen. Und in noch einem Punkt hatte der Vertreter der Medien recht gehabt. Die bei Friedrichs
Rede und die im Interview gefallenen Worte wirbelten in der
lokalen Politik und in der Kirche mächtig Staub auf. Als er in
weiteren Gesprächen mit deren Vertretern noch deutlicher
Stellung nahm, erregten seine Äußerungen teilweise star-
ken, wenn nicht feindlichen Widerspruch. Besonders tat sich
die ‚hohe Geistlichkeit‘ hervor, die sich mit Friedrichs Zeugnis über das Christsein schwertat, da es nicht ihren Vorstellungen entsprach.

Ein weiterer Vertreter der Presse meldete sich nach einigen
Wochen. Der Reporter einer großen Tageszeitung bat ihn um
ein Interview. Er wollte einen Bericht über Baumgartners Firma und Familie bringen. Friedrich war froh, damit zu einem
größeren Leserkreis sprechen zu können. Und Werbung für
seine Firma konnte nie schaden, auch wenn die Auftragsbücher der Friedrich Baumgartner GmbH voll und die Produkti-
onsbänder ausgelastet waren. Sie vereinbarten einen Termin
und einen Tag vorher kündigte sich ein Fotograf an, der Bilder von den Werkshallen, der Kantine samt Bibliothek und
dem Bürogebäude aufnehmen wollte. Der Reporter erschien
gleichzeitig mit dem Fotografen und begann, einige Fragen

zum Produktionsverlauf zu stellen. Ganz besonders interessierten ihn die umweltbezogenen Aspekte. Friedrich verwies stolz auf die Photovoltaikanlagen auf den Dächern der neuen Hallen. Sofort ging der Fotograf ins Freie, um die Anlagen mit seiner Kamera festzuhalten. Danach verließ er das Werksgelände. Den Reporter, der über Nacht bleiben und sich die Umgebung ansehen wollte, brachte Baumgartner in seinem Tiny-Haus unter. Sie hatten vereinbart, sich am nächsten Tag um zehn Uhr beim gleichen Heurigen, in dem auch das erste Interview geführt worden war, zu treffen. Der Firmenchef erschien pünktlich, Herr G(ross), der Reporter, jedoch um etwa zehn Minuten zu spät. Er machte einen etwas müden Eindruck, so als ob er die letzte Nacht zum Tag gemacht hätte. Er entschuldigte sein verspätetes Erscheinen, aber danach hatten die beiden ein angeregtes Gespräch über die zeitgeistigen Strömungen in der Gesellschaft und die Antworten, die F(riedrich) gab, waren ausführlich und brachten seine Meinung auf den Punkt.

G: Ich möchte gleich in medias res gehen und Sie fragen, wieso Sie sich so ausführlich mit dem Zeitgeist beschäftigen, denn Christen sind doch viel mehr auf das Jenseits fokussiert?

F: Auch für mich steht meine Beziehung zu Jesus Christus im Mittelpunkt des Lebens, aber das ewige Leben hat für mich schon bei meiner Bekehrung begonnen und mündet in eine Gemeinschaft mit Gott, die in alle Ewigkeit anhalten wird. Aber es gibt derzeit so viele zeitgeistige Strömungen, die einen Absolutheitsanspruch stellen, aber oftmals von Gott wegführen. Und davor möchte ich warnen. Seit der Aufklärung hat der Mensch Gott aus dem Mittelpunkt des täglichen Geschehens verdrängt und sich widerrechtlich auf den Thron gesetzt. Obwohl der Schöpfer des Universums den Menschen als seinen Verwalter auf der Erde eingesetzt hat, spielt sich dieser jetzt als Herr auf. Dass das nur schiefgehen kann, zeigt sich selbstverständlich in vielen Bereichen des täglichen Lebens.

G: An welche Strömungen denken Sie, wenn Sie Kritik üben?

F: An die Stelle der extremen rechten und linken Ideologien des
20. Jahrhunderts sind verworrene Utopien getreten, die die Gesellschaft vor allem in Europa in die Irre führen. Ich denke da
nur an den unkontrollierten Zuzug von Menschen aus aller Herren Länder, der von so manchem Träumer als positiv betrach-
tet wird. Dann an die hysterische Weltuntergangsstimmung,
die vor allem den Grünen Auftrieb gibt. Aber diese Ideologie
ist wie eine säkulare Religion, besser gesagt eine Pseudoreligi-
on. Nur von einem Heiligen Ökofatius habe ich noch nichts gehört, meinte Friedrich. Der ganze Fokus dieser Menschen rich-
tet sich nur auf das Diesseits und die Antworten, die aus dieser
Ecke kommen, sind wie die Antworten einer Sekte, die auf richtige Fragen und Probleme verzerrte Antworten gibt. Diese sind
meist so utopisch, dass sie nicht realisierbar sind und vielfach
ins Chaos führen werden. Ich denke da nur an die fehlgeleite-
ten Jugendlichen der Letzten Generation, von der sich die Grünen genauso halbherzig distanzieren wie muslimische Verbän-
de von religiösen Terroristen.

G: Wo sehen Sie Ihre Verantwortung als Christ und wie üben
Sie sie aus?

F: Mit meiner Firma habe ich Verantwortung für über 200 Menschen, die mit ihrem verdienten Geld den Lebensunterhalt für
sich und ihre Familien sichern. Dazu kommen noch die Menschen der Zulieferbetriebe. Auch Steuern und Sozialversicherungsbeiträge werden erwirtschaftet, die der Sozialstaat drin-
gend braucht. Das sehe ich als meine irdische Verantwortung.
Aber ich sehe mich auch für das geistliche Wohl meiner Mitarbeiter in die Pflicht genommen. In der inzwischen rasch ange-
wachsenen Bibliothek finden sich unter anderem viele christliche Bücher, die die Menschen über den Weg zu Gott und ihr
ewiges Heil informieren und sie zu einer Entscheidung auffor-
dern, wo sie die Ewigkeit verbringen wollen. Ich kann nicht mit

jedem Einzelnen der Belegschaft sprechen, aber ich kann ihnen gute geistliche Literatur zur Verfügung stellen und sie zu unserem christlichen Kreis, der sich einmal in der Woche trifft, einladen. Aber meine Möglichkeiten sind natürlich begrenzt.

G: Können Sie ein konkretes Beispiel nennen, das Sie zu Ihrer oftmals scharfen Kritik geführt hat?

F: Ja, es ist schon eine längere Zeit her, als ich in der Buchhandlung noch einige Literatur für unsere Firmenbibliothek kaufen wollte. Da sah ich ein Buch eines Theologen mit dem Titel *Christliches Leben ohne Glaube an den christlichen Gott*. Was sich dieser frischgebackene Hochschulabsolvent dabei gedacht hatte, entzieht sich meiner Kenntnis. Ich las nur den Text auf dem Buchrücken, aber der genügte mir. Dieser Mann war der Meinung, dass es für einen Menschen reicht, wenn er christliche Werte vertritt und gute Werke vollbringt. Ein Glaube an den biblischen Gott sei dazu aber nicht notwendig. Aber solche Äußerungen, die nicht den Kreuzestod und die Auferstehung Jesu Christi in den Mittelpunkt stellen, kann man nur als eine falsche Lehre abtun. Leider ist diese überspitzte Meinung dieses falschen Theologen keine Einzelmeinung, sondern in der Praxis erlebt man solche Vorstellungen öfter. Dann wird die Kirche aber bloß zu einem besseren Sozialverein. Und die Warnung vor einer solchen Einstellung liegt mir sehr am Herzen.

G: Herr Baumgartner, ich danke Ihnen für Ihre Zeit und das Gespräch.

Fortsetzung folgt

Es war ein wunderschönes Abendessen gewesen. Die ganze Familie saß um den runden Tisch von Frau Helene, die ein einfaches Essen zubereitet hatte, das allen vorzüglich schmeckte. Alle – das waren Renate, Josef, die kleine Lena und das noch ungeborene Kind sowie Beate und Friedrich. Bald verabschiedete sich die wachsende Familie Berger, nur der Sohn und die Schwiegertochter blieben noch bei der Mutter. Als Beate nochmals das hervorragende Essen rühmte, hörte Friedrich ein leises Klingeln im Raum. Es klang nach einem Handy. Aber es lag keines herum. Er ging dem Ton nach, der nun etwas lauter wurde. Sein Weg führte ihn direkt zum Kühlschrank. Er öffnete ihn und darin lag Helenes Smartphone. Friedrich nahm es heraus und schloss mit betroffenem Blick die Kühlschranktür. Was hatte das nur zu bedeuten? Helenes Sohn ließ sich Zeit, bevor er seine Mutter auf diesen Vorfall ansprach. Aber das war genau das Falsche. Denn wie er später erfuhr, sollten Demenzkranke nicht auf ihre Defizite angesprochen werden, damit sie sich nicht bloßgestellt fühlten. Helene begann unruhig zu werden, denn sie konnte sich nicht erinnern, wann sie das Handy in den Kühlschrank gelegt hatte. Beate und ihr Mann waren beunruhigt, denn dieses Ereignis reihte sich in eine Kette ähnlicher Vorkommnisse. Vergesslichkeit war ja an sich nicht besonders beunruhigend, aber sie erinnerten sich an einen weiteren Vorfall vor zwei Wochen. Da hatte Helene mitten im beginnenden Sommer ihre Pelzschuhe angezogen und als Beate sie darauf aufmerksam machte, fühlte sie sich nicht angesprochen. Beate wies Friedrich verstohlen darauf hin, dass er schweigen sollte. Das Ehepaar blieb noch eine Weile und half der Mutter beim Aufräumen und beim Abwaschen. Danach gingen auch sie nach Hause, betroffen von dem, was sie erlebt hatten. Am nächsten Tag sprachen die beiden mit Renate und Josef über das Geschehene. Da begannen auch die beiden sich Sorgen zu machen.

Friedrich versprach, einen Bekannten aus dem christlichen Hauskreis, einen Psychotherapeuten, zu kontaktieren. Er setzte sich mit Dr. Herbert Zima telefonisch in Verbindung. Dieser lud Friedrich ein, am übernächsten Tag abends zu ihm in die Ordination zu kommen. Davon setzte er seine Schwester und seinen Schwager in Kenntnis. Renate bot sich an, ihren Bruder zu dem Arzt zu begleiten. Das war Friedrich nur recht. Erstens konnte er Unterstützung brauchen und zweitens musste er ihr danach nicht von dem wichtigen Gespräch ausführlich berichten. Bevor sie Dr. Zima aufsuchten, beteten sie noch miteinander. Der Psychotherapeut empfing sie herzlich und bot ihnen Platz an. Auf dem Tisch standen bereits drei Gläser und er holte eine Flasche Mineralwasser aus dem Kühlschrank. Dann berichtete das Geschwisterpaar über die Veränderungen von Frau Baumgartner senior, denen sie anfangs keine große Bedeutung beigemessen hatten. Aber das hatte sich nach den Vorfällen mit den Schuhen und dem Handy verändert. Anfangs sprach der Psychotherapeut nur allgemein über Demenz. Dass diese Krankheit einen fortschreitenden Niedergang von Nervenzellen und Nervenzellkontakten bedeutete, empfanden Beate und Friedrich zuerst nicht so bedrohlich, aber als der Therapeut davon sprach, dass dieser Prozess letztendlich zum Verlust der geistigen Fähigkeiten und zu einer eingeschränkten Selbstständigkeit führt, wuchsen ihre Sorgen. Sie vereinbarten, nächsten Mittwoch mit Helene in die Ordination zu kommen, damit sich Dr. Zima selbst ein Bild von Baumgartners Mutter und ihrem Verhalten machen konnte. Ein Termin war frei geworden, da ein Patient abgesagt hatte. Diese freie Zeit plante Dr. Zima nun für Frau Helene ein.

Als die beiden Geschwister am Mittwoch mit ihrer Mutter in die Praxis kamen, bat der Psychotherapeut Renate und Friedrich, im Wartezimmer Platz zu nehmen. Denn er wollte mit der Patientin alleine sprechen. Mit gezielten Fragen wollte er sie behutsam aus der Reserve locken, um sich ein Bild von der beginnenden Demenz zu machen. Hier zeigten sich seine große

Erfahrung und sein umfangreiches Wissen. Nach einer knappen halben Stunde beendete Dr. Zima das Gespräch und bat die Geschwister in die Ordination und Frau Helene in das Wartezimmer. Er begann seine Erläuterungen damit, indem er erklärte, dass eine solche Situation auch für die Angehörigen eine große Herausforderung darstellt. Er machte ihnen Mut, trotz der sich anbahnenden schweren Zeit auch an sich selbst zu denken und ihre eigenen Interessen nicht zu vernachlässigen, um genug Kraft und Energie zu haben, Frau Baumgartner auch über einen längeren Zeitraum zu betreuen. Bei fortwährender Verschlechterung ihres Zustandes würde es vielleicht nötig sein, sie in stationäre Pflege zu geben. Nachdrücklich wies Dr. Zima darauf hin, dass dies aber auf keinen Fall ein Grund für Schuldgefühle wäre. Weiterhin empfahl der Psychotherapeut, der Vergesslichkeit entgegenzusteuern, indem sie die Schranktüren in der Wohnung von Frau Helene beschrifteten und mit Bildern anzeigten, welche Gegenstände sich in den Möbeln befanden. Damit sollte der Patientin Sicherheit und Struktur im Alltag gegeben werden. Er bat die Geschwister, sich von außen Hilfe zu holen. Er empfahl ihnen, einen Kurs für die Pflege von Demenzkranken zu belegen und für die Mutter eine Stelle für ein kontinuierliches Demenztraining zu suchen. Dankbar für die Informationen, aber auch traurig, verabschiedeten sie sich von Dr. Zima und fuhren wieder nach Hause.

Am Abend wurde Familienrat gehalten. Friedrich bestellte eine belegte Platte und Gebäck in einem Lebensmittelgeschäft und holte die Bestellung später ab. Dazu gab es einen guten Weißwein aus dem Keller. Renate bevorzugte aufgrund ihrer Umstände Traubensaft. Nach einem gemeinsamen Gebet, in dem man konkrete Anliegen an den lebendigen Gott richtete, begann man zu essen. Und schon war man mitten im Gespräch. Renate und Friedrich erzählten kurz von ihrem Besuch beim Arzt und danach begannen sie, die auf sie zukommende Arbeit zu verteilen. Renate wurde dabei natürlich geschont und Josef tat sich schwer, sich auf die kommende Situation einzustellen.

Es zeigte sich, dass Friedrich einen Großteil der Verantwortung übernehmen musste. Es war schwer für ihn, seiner Mutter klarzumachen, dass die Pflegerin jetzt öfter und länger da sein werde. Sie verstand das so, dass sie immer unselbstständiger wurde und das machte ihr zu schaffen. Dass die Putzfrau öfter kommen werde, machte ihr aber nichts aus. Friedrich benötigte viel Einfühlungsvermögen, seiner Mutter diese Veränderungen stückweise zu erklären. Auch für die kleine Lena war es schwierig, die Veränderungen im Verhalten ihrer Großmutter zu verkraften. Sie konnte es nicht verstehen, dass Oma so vergesslich geworden war und immer weniger Zeit und Geduld für sie hatte. Behutsam erklärte Renate ihrer Tochter, dass Großmutter krank sei und nun viel Aufmerksamkeit und Verständnis brauche. Auch für Renate war es schwierig, denn sie konnte im Moment immer weniger für ihre Mutter tun, da der Geburtstermin für den kleinen Jonatan immer näher rückte. Aber auch nach seiner Geburt würde sich die Situation für Renate nicht ändern. Dafür brachten sich Josef und Beate stärker ein, sodass Friedrich genug Zeit blieb, sich um die Firma zu kümmern. Aber eines Tages war die Krankheit so weit fortgeschritten, dass es das Beste für Frau Baumgartner war, die nun schon den siebenundachtzigsten Geburtstag gefeiert hatte, in ein Heim zu wechseln. Die undankbare Aufgabe, dies Frau Helene zu erklären, übernahm Dr. Zima, der auch diese Aufgabe mit viel Feingefühl meisterte. Um das Organisatorische kümmerte sich natürlich Friedrich, der von seiner Sekretärin in der Firma tatkräftig unterstützt wurde, da auch die Altchefin bei so manchem der Belegschaft sehr beliebt war.

Aber wie ging es in der Firma weiter? Renate war zunächst in Mutterschaftsurlaub gewesen und nach der Geburt von Jonatan wollte sie noch einige Zeit bei den Kindern zu Hause bleiben. Lena ging zwar schon in den Kindergarten, aber sie schätzte es, wenn die Mutter zu Hause war. Lediglich ein paar Stunden in der Woche beteiligte Renate sich im Homeoffice am Firmengeschehen. Und Josef Berger, Renates Mann, war in keiner Weise für die Firma zu begeistern. So musste sich Friedrich immer mehr auf den Buchhalter verlassen und seiner Arbeit vertrauen. Die Auftragsbücher der Friedrich Baumgartner GmbH schienen übervoll zu sein, die Einnahmen enorm und auch an den Ausgaben für das Rohmaterial zeigte sich, dass die Firma florierte. Bis …

… eines Tages drei Autos vor dem Bürogebäude parkten. Aus diesen stiegen zwei Männer und drei Frauen. Bevor sie ins Gebäude gingen, unterhielten sie sich kurz miteinander. Danach gingen sie zur Empfangsdame, die noch wirklich so hieß und nicht Floor-Managerin (Putzfrau??), wie schon in vielen Büros die Damen am Eingang genannt wurden. Die Angekommenen zeigten ihre Ausweise, die sie als Vertreter der Wirtschaftspolizei, des Finanzamtes und der Sozialversicherung legitimierten. Frau Hayden begann nervös zu werden, denn so viele Amtspersonen, was allerdings nicht ganz korrekt war, denn Sozialversicherungsangestellte sind keine Beamten, hatte sie noch nie auf einmal im Haus gehabt. Die involvierten Damen und Herren baten, den Chef anzurufen, um ihre Ankunft zu melden. Danach brachte die Angestellte sie zum Firmeninhaber, der schon unruhig auf die Damen und Herren wartete. Den Anfang der Unterredung machte der Beamte der Wirtschaftspolizei. Er informierte den Chef, dass schon seit geraumer Zeit keine Sozialversicherungsbeiträge und Steuern gezahlt worden waren. Auch mit den Bankkrediten war die Firma in Verzug. Damit war eigentlich schon alles gesagt. Die Vertreter des Finanzamtes und der Sozialversicherung verlangten Einblick in die Buchhaltungsunterlagen. Nachdem sie diese erhalten hatten, zogen sie sich in getrennte Zimmer zurück, öffneten ihre Laptops und begannen mit der Durchsicht der Unterlagen. Die Frage des Wirtschaftspolizisten nach dem Buchhalter beantwortete Friedrich, dass dieser schon seit einigen Wochen mit einer Viruserkrankung zu Hause liege. Er hatte korrekt seinen Krankenstand gemeldet, seither aber nicht mehr mit der Firma Kontakt aufgenommen. Einige Anrufe und Mitteilungen auf seiner Mailbox waren unbeantwortet geblieben. Das wundere ihn nicht, meinte der Beamte, denn zu Hause war Herr Watzner nie angetroffen worden und auch die Nachbarn, die man befragte, wann sie ihn zuletzt gesehen hätten, konnten keine konkreten Auskünfte geben. Der Polizist empfahl Friedrich, Anzeige zu erstatten, damit eine Fahndung nach dem untreuen Buchhalter ausgeschrieben werden konnte. Dies tat der Chef auch sogleich und die Mühlen des Gesetzes begannen zu mahlen, auch im benachbarten Ausland.

Man wusste nicht, wo das Leck war, aber bereits in der nächsten Mittwochsausgabe berichtete die Lokalzeitung von dem Vorfall. Das beunruhigte natürlich auf längere Sicht die Geschäftspartner der Firma, vor allem das Büro der Landesregierung, das sich wie die anderen Auftraggeber um die termingerechte Lieferung der bestellten Produkte Sorgen machte. Denn jede Bauverzögerung kostete natürlich Geld. Friedrich wurde in die Landeshauptstadt zu einem Gespräch geladen, in dem er fürs Erste alle Bedenken ausräumen konnte. Auch die Hausbank begann unruhig zu werden. Es gelang Baumgartner aber mit dem Verkauf eines Grundstückes, einen Teil der Verbindlichkeiten des Kreditunternehmens zu begleichen. Als Friedrich klar wurde, dass mit der Buchhaltung etwas nicht stimmen konnte, bat er Renate, sich die umfangreichen Unterlagen anzusehen. Sie konnte dies natürlich von zu Hause aus erledigen, aber für die Zeit der Prüfung brauchte sie eine Tagesmutter zur Betreuung ihrer Kinder. Eine Mitarbeiterin der Firma erklärte sich bereit, sich um die beiden Sprösslinge zu kümmern. Das Ergebnis der Überprüfung war ernüchternd. Karl Watzner, der Buchhalter, dem Friedrich voll vertraute, hatte schon seit mehr als einem halben Jahr in seine eigene Tasche gewirtschaftet. So kann man sich täuschen, ging es Baumgartner durch den Kopf. Gewinne waren nicht aufgelistet, sondern selbst kassiert worden, und fingierte Rechnungen für den Ankauf von Rohmaterialien hatten die Ausgaben buchhalterisch übermäßig erhöht. Das Geld dafür wurde natürlich auch abgezweigt. Die Außenstände für die öffentlichen Abgaben und die Bank waren fürs Erste teilweise beglichen worden, zur Gänze offen blieben aber die Beträge für die Lieferanten, die ab jetzt die Firma nur noch nach Barzahlung mit den nötigen Metallen versorgten.

Friedrich war am Boden zerstört. Nach der nun voll ausgebrochenen Krankheit seiner Mutter traf ihn auch das Vorgehen seines kriminellen Buchhalters hart. Der Firma, die sein Vater unter vielen Mühen und Entbehrungen aufgebaut hatte, drohte möglicherweise die baldige Eröffnung eines Konkursverfahrens. Sollte das das Ende seines Lebenswerkes, in das er viel Zeit und Kraft investiert hatte, bedeuten? Solche und ähnliche Gedanken beschäftigten ihn fortwährend. Er machte sich eine Menge Vorwürfe, dass er so einfältig gewesen war, diesem Herrn Watzner fast blind zu vertrauen und nicht schon längst die Buchhaltungsunterlagen überprüft zu haben. Er stellte sich die Frage, warum die Bank sich nicht gemeldet hatte, als keine Rückzahlungsraten mehr dort eingegangen waren. Solche und ähnliche Gedanken gingen ihm andauernd durch den Kopf. Friedrich zog sich für einige Tage in sein Tiny-Haus zurück und bat, ihn in Ruhe nachdenken zu lassen. Er brauchte Abstand vom Geschehen und wollte nicht einmal mit seiner Frau über seine Probleme reden. Er war der Meinung, dass seine Frau, die vom Firmengeschehen kaum etwas mitbekam, ihn nicht verstehen würde. Vier Tage lang ging er in seinem kleinen Häuschen auf und ab und haderte mit seiner Unvernunft. Nur mühsam gelang es ihm, täglich in der Bibel zu lesen und zu beten. Aber am fünften Tag wurde alles anders. Er hatte gerade einen Abschnitt im Alten Testament beim Propheten Jesaja gelesen und danach gebetet. Nachdem er mit dem dreiundvierzigsten Kapitel begonnen und folgende Worte gelesen hatte: *So spricht der HERR, der dich erschaffen und gebildet hat: Fürchte dich nicht, denn ich habe dich erlöst. Ich habe dich bei deinem Namen gerufen, du bist mein. Wenn du durchs Wasser gehst, ich bin bei dir, und durch Ströme, sie werden dich nicht überfluten. Wenn du durchs Feuer gehst, du wirst nicht versengt werden, und die Flamme wird dich nicht verbrennen. Denn ich bin der HERR, dein Gott, ich der Heilige Israels, dein Retter,* schöpfte Friedrich neue Kraft, stand auf und fuhr zum

Wohnhaus, das seine Mutter immer als Villa bezeichnet hatte. Dort wollte er mit Beate und seiner Schwester sprechen. Da die beiden nicht anwesend waren, rief er Otto Slamer an, der sofort zu ihm aufbrach, nachdem Baumgartner ihm seine Situation geschildert hatte. Otto befand sich seit eineinhalb Jahren in Altersteilzeit und hatte nun mehr Zeit, sich um die christliche Gemeinschaft zu kümmern. Friedrich schilderte ihm noch einmal ausführlich seine Probleme und danach berieten sie gemeinsam, welche Schritte Friedrich unternehmen sollte, um aus diesem Schlamassel herauszukommen.

Schließlich war es dem nun neue Kraft schöpfenden Firmenchef klar, dass er einen Eigenantrag auf Eröffnung eines Sanierungsverfahrens mit Eigenverwaltung stellen musste. So konnte er der Zerschlagung seiner im Grunde florierenden, aber betrogenen Firma eine neue Perspektive geben. Er setzte sich mit seiner Interessenvertretung in Verbindung, um dort die bestmöglichste Unterstützung zu finden. Einem Rechtsanwalt wollte er sich vorerst nicht voll anvertrauen, denn er wusste, dass diese die Insolvenzverfahren gerne in die Länge zogen, solange beim Schuldner noch verwertbares Vermögen vorhanden war. Nachdem er in Ruhe die Informationen, die er erhalten hatte, durchdacht hatte, nahm er die nötigen Schritte in Angriff, um die Firma zu retten. Friedrich setzte sich mit allen Beteiligten, vor allem seinen Zulieferern, die er noch immer nicht voll ausbezahlen konnte, in Verbindung. Da er im Verfahren eine eher unüblich hohe Quote anbot, sagten die meisten von ihnen zu, einer quotenmäßigen Befriedigung der Außenstände zuzustimmen. Nun war es seine Aufgabe, bis zur Tagsatzung, in der über das Zustandekommen des Verfahrens abgestimmt wurde, Geld aufzutreiben. Endlich war es so weit. Neben Friedrich, dem Konkursrichter, den Vertretern der Gläubigerschutzverbände, des Finanzamtes, der Sozialversicherung und der Bank waren auch Beate und seine Schwester mit Zustimmung aller Gläubiger im Gerichtssaal anwesend. Vor der Abstimmung verlangte die Bank von Friedrich eine Rückstehungserklärung, das heißt, er musste die noch offene Verbindlichkeit der Bank zu hundert Prozent und nicht quotenmäßig befriedigen. Alle anderen Involvierten bis auf zwei, die durch die Gläubigerschutzverbände vertreten wurden, stimmten dem Sanierungsverfahren zu. Nur zwischen dem Vertreter der Sozialversicherung und dem Richter gab es eine verbale Unstimmigkeit. Ersterer wies den Richter auf einen bestimmten Paragrafen und Absatz des umfangreichen allgemeinen Sozialversicherungsgesetzes hin. Darauf begann sich der Richter langsam aus dem Sessel zu erheben und fragte den Vertreter, ob der denn einen Richter belehren wolle. Darauf erhob sich auch der Sozialversicherungsangestellte und beantwortete die Frage mit einem kräftigen JA, was dem Konkursrichter in keiner Weise gefiel. Trotzdem stimmte auch der Vertreter der Sozialversicherung dem Sanierungsverfahren zu.

Nach der Tagsatzung, bei dem das Verfahren angenommen wurde, gingen der Chef, die beiden Frauen und Otto Slamer, der vor dem Gerichtssaal gewartet hatte, in das gleich in der Nähe liegende Hotel, das einen hervorragenden Ruf hatte, zum Mittagessen. Die Stimmung war nun etwas gelöster, aber noch immer hatte Friedrich das Schlusswort des Richters, *nun geht es ans Zahlen,* im Ohr. Auf einen Besuch der Innenstadt verzichteten sie diesmal und auch ein Gespräch im Büro der Landesregierung war nicht geplant. Deshalb fuhren sie nach dem Essen sofort nach Hause. Am Steuer des Autos saß Renate und so konnten sich Beate und Friedrich ausführlich mit ihrem Freund Otto unterhalten. Als das Gespräch auf Helene Baumgartner kam, sagte Otto Slamer zu, sie öfter im Heim zu besuchen und mit ihr über den wahrscheinlich nahen Tod zu sprechen. Das Ehepaar nahm Ottos Angebot gerne an, denn es ist oft schwierig, in der eignen Familie über den Glauben zu sprechen. Von nun an besuchte Slamer Frau Helene Baumgartner regelmäßig und sprach mit ihr, sobald er einen lichten Moment in ihrer Krankheit erkannte, über Tod, Sünde und Vergebung, aber auch über das Gericht Gottes. Dem römisch-katholischen Pfarrer, der bald Wind von diesen Gesprächen bekam, war dies gar nicht recht.

Denn der Pfarrer bestärkte die Patientin in dem Glauben, dass sie durch die Taufe ein Kind Gottes sei und durch das Sterbesakrament Zugang in den Himmel finden werde. Das sah Otto Slamer, der sich in seiner Theologie nur auf die Bibel und nicht auf fremde Lehren der Kirche berief, naturgemäß anders. Die Versuche des Pfarrers, Slamers Besuche zu verhindern, scheiterten natürlich. Denn Frau Helene freute sich immer über Ottos Besuche und redete ihn seit Neuestem mit seinem Vornamen an. Er ging sehr einfühlsam mit ihr um, korrigierte sie niemals, wenn sie Gedanken durcheinanderbrachte, und hatte immer aufmunternde Worte für sie. Natürlich bekam sie auch von ihren Kinder- und Schwiegerkindern und von den Enkeln Besuch. Vor allem die kleine Lena, die in diesem Jahr in die Schule kam, tat sich schwer mit der Situation, in der sich ihre Großmutter befand. Immer wieder stellte sie Fragen, die ihr die Eltern oft nur schwer in einer kindgerechten Form beantworten konnten. Aber all die Besuche, Gespräche und Aufmerksamkeiten konnten den Krankheitsverlauf nur verzögern. Als die Mutter ihrem Sohn bei einem der letzten Besuche ein Kuvert überreichte und ihn bat, dieses erst nach ihrem Tod zu öffnen, da wusste Friedrich, worauf er sich einstellen musste. Drei Wochen später verstarb Frau Helene.

Da Friedrich vermutete, dass der Brief Anordnungen für ihre Wünsche nach dem Tod beinhaltete, öffnete er diesen zuerst, bevor er die notwendigen Schritte für das Begräbnis einleitete. So wie er gedacht hatte, war in dem Schreiben alles bis hin zum Gasthaus für das Totenmahl aufgelistet. Punkt für Punkt erfüllte der Sohn die Anordnungen der Mutter. Es war ein Herzenswunsch von Beate, die Karte selbst zu gestalten. Da die nahen Verwandten keine Einwände hatten, machte sie sich unverzüglich ans Werk. Gedruckt wurden die Anzeigen im Büro der eigenen Firma, das auch das Aussenden übernahm. Innerhalb weniger Tag war alles Notwendige organisiert, da die Arbeit auf mehrere Personen aufgeteilt worden war. Sogar die kleine Lena ließ es sich nicht nehmen mitzuhelfen. Sie unterstützte ihre Mutter bei der Gestaltung des Blumenschmucks. Dann kam der Tag, von dem sich die Familie wünschte, dass er schnell vorbeigehen würde. Bei der Messe in der Aufbahrungshalle, die der gleiche Pfarrer vornahm, der Frau Baumgartner senior immer im Heim besucht hatte, sprach dieser wieder davon, dass Frau Helene durch die Taufe ein Kind Gottes sei und durch die Zugehörigkeit zur richtigen Glaubensgemeinschaft und das Sterbesakrament Aufnahme in den Himmel finden werde. Die Familien Baumgartner und Berger hörten mit versteinerter Miene dieser Rede zu, da sie diesen Argumenten in keiner Weise folgen konnten. Nach der Messe sprach eine Angehörige des Bastelvereines, dem Friedrichs Mutter angehört hatte, ein paar Worte über den Verlust des treuen Mitglieds. Als diese zu Ende gekommen war, ergriff Otto Slamer das Wort. Er sprach davon, dass jeder Mensch von Natur aus durch die Sünde von Gott getrennt ist. Dies war Folge davon, dass die beiden ersten Menschen, die geschaffen worden waren, sich gegen Gottes Gebot auflehnten und damit aus der Gemeinschaft mit ihm ausgeschlossen wurden. Aber durch die Vergebung durch den Opfertod Jesu Christi und durch eine neue Geburt durch den Heiligen Geist ist es möglich geworden, diese Gemeinschaft wiederherzustellen. Voraussetzung dafür ist, dass jeder Mensch durch das Bekennen seiner Schuld dieses Opfer persönlich an- und Jesus Christus in sein Herz aufnimmt. Die zuhörenden Verwandten und Bekannten und auch einige Freunde aus dem Bibelkreis, die es sich nicht hatten nehmen lassen, den Familien Berger und Baumgartner in dieser schweren Stunde beizustehen, hörten den Worten Slamers aufmerksam zu. Nur der Pfarrer, der anscheinend eine Konkurrenz befürchtete, hatte sich nach den ersten Worten des Redners rasch aus dem Staub gemacht. Auch beim Leichenschmaus war er nicht mehr zu sehen gewesen. Nachdem die meisten Gäste aufgebrochen waren, blieben die beiden Familien noch eine kurze Zeit zusammen und brachen danach auch nach Hause auf. Beates Bruder Marc Knopfler und seine Familie wurden im Tiny-Haus untergebracht. Sie wollten die Gegend, die Beate zu einer neuen Heimat geworden war, kennenlernen. Für Marc waren die vielen Ausflüge, die sie unternahmen, Ansporn, alles in Fotos festzuhalten. Er war ein exzellenter Fotograf, der als freischaffender Künstler in der Schweiz tätig war. Er überlegte schon, inwieweit er die vielen herausragenden Motive an die Medien oder an Firmen verkaufen konnte. Natürlich besprach er mit seinem Schwager Josef, der ja im Tourismusbüro arbeitete, die schönsten Ausflugsziele. Denn in den beiden Wochen, in der die Familie hier Urlaub machte, konnte man sich ja nicht alle schönen Bauwerk oder jedes schöne Stück Natur ansehen. Beides verbanden sie mit ihrer Schifffahrt durch die Wachau, die sie von Melk nach Krems führte. Beate hatte sich zwei Wochen Urlaub genommen, um ihrer Verwandtschaft ihre neue Umgebung zu zeigen. Auch sie hatte sich bereits von ihrem Schwager die nötigen Informationen geholt, um die interessantesten Ziele zu finden. Bevor sie in das Schiff stiegen, besichtigten sie das Stift Melk. Das Barockgebäude wurde im 18. Jahrhundert von Jakob Prandtauer, dessen steinernen Kopf sie schon in einem Kreisverkehr in der Landeshauptstadt bewundert hatten, erbaut. Aber nicht nur das Benediktinerkloster mit seinen Kunstschätzen im Innern, sondern auch der neben dem Stift liegende Park boten Marc eine Menge an Motiven, die er unbedingt festhalten wollte. Marcs Frau meinte, dass sie bei ihrem nächsten Aufenthalt hier unbedingt ein Orgelkonzert in der Kirche besuchen wollte. Nach der ereignisreichen Führung war es Zeit, zum Schiffsanlegeplatz zu gehen. Sie genossen die Fahrt durch die wunderschöne Wachau, aßen gemütlich auf dem Schiff zu Mittag und nach einem kurzen Zwischenstopp in Dürnstein legte das Ausflugsschiff in Stein bei Krems an. Weiter ging es mit dem Bus in die Innenstadt von Krems. Dort schlossen sie sich einer geführten Gruppe an. Der Stadtführer zeigte ihnen die Altstadt mit ihren sehenswerten Gebäuden vom Steiner- bis zum Wiener Tor, unter anderem die Gozzoburg am Hohen Markt. Diese gilt als eines der bedeutendsten mittelalterlichen Gebäude Österreichs. Für den Besuch der Kunsthalle, des Und-Klosters und des Karrikaturmuseums, die alle außerhalb der Altstadt liegen, reichte die Zeit leider nicht mehr. Denn zum Abschluss ging es noch zu einem Heurigen, der etwas außerhalb von Krems lag. Von dort holte sie Friedrich mit einem kleinen Bus, der genug Platz für die gesamte Familie bot, ab. So verging ein Tag nach dem anderen mit interessanten Ausflügen. Die Abende verbrachten sie mit ausführlichen Gesprächen bei gemeinsamen Abendessen. Die Kinder spielten fröhlich miteinander und waren rasch fast unzertrennlich geworden. Zu schnell verging die Zeit der Ausflüge und des sich besser Kennenlernens und Marc und seine Familie mussten wieder aufbrechen.

Karl Watzner war bald danach in der Nähe von Passau in einer Gartenhütte, die er dort gemietet hatte, aufgegriffen und verhaftet worden. Nach einer kurzen Haft in Deutschland wurde er an die österreichische Justiz ausgeliefert und dort zu einer Gefängnisstrafe verurteilt. Der Schaden, den er angerichtet hatte, betrug rund fünfhunderttausend Euro und dementsprechend fiel das Urteil aus. Weder Friedrich noch Renate empfanden Genugtuung bei der Verkündigung des Urteils, aber sie hatten auch kein Mitleid mit ihm, obwohl er für eine längere Zeit ins Gefängnis musste. An eine Wiedergutmachung des Schadens war nicht zu denken, da Karl Watzner nach seiner Entlassung aus dem Gefängnis kaum mehr eine Arbeit finden konnte, die eine Gehaltspfändung möglich machen würde. Es dauerte annähernd zwei Jahre, bis Friedrich das Werk wieder einigermaßen wirtschaftlich saniert hatte. Aber es gelang ihm, obwohl er manchmal spürte, dass seine Kräfte nachließen. Besonders ein öffentlicher Auftrag für ein riesiges modernes Kunstwerk, für das eine große Menge handgefertigter Verbindungselemente benötigt wurde, sorgte für ein sattes Plus in der Firmenkasse. Friedrichs Schwester Renate konnte sich wieder mehr in die Firma einbringen, da die beiden Kinder heranwuchsen und selbstständiger wurden. Die nächsten Jahre waren für das Schraubenwerk wirtschaftlich eine besonders gute Zeit, obwohl die Wirtschaft insgesamt eher kränkelte. Das hatte verschiedene Ursachen, die von den Medien in unterschiedlicher Reihenfolge bevorzugt behandelt wurden. Mal waren es die pandemischen Krankheiten, mal war es die Unfähigkeit der Europäischen Zentralbank, die Inflation in den Griff zu bekommen, ein anderes Mal wurde die stümperhaft umgesetzte, ideologisch geprägte Energiewende, die zwar in der Theorie funktionierte, aber in der Praxis nicht realisierbar war, ohne die Wirtschaft an die Wand zu fahren, als Hauptursache für die schleppende Wirtschaftsentwicklung verantwortlich gemacht. Wahrscheinlich war es eine gefährliche Mixtur aus plötzlich hereinbrechenden Krankheiten und einigen Politikern, die die Zeichen der Zeit nicht erkannten und die Weichen für die Wirtschaft für eine Fahrt auf das Abstellgleis stellten. Aber da, wie es Friedrich schon einmal gesagt hatte, Ideologie Hirn frisst, war so mancher Verantwortliche Sachargumenten nicht zugänglich. Trotzdem steuerte der Chef der Friedrich Baumgartner GmbH das Firmenschiff erfolgreich und zielsicher durch die Fluten der rauen Zeiten. Er musste nicht nur keine Arbeitskräfte entlassen, sondern stellte sogar neue Mitarbeiter ein. Längere Zeit war er auf der Suche nach einem neuen Buchhalter und als Gegengewicht stellte er einen Controller ein. Die Aufgabe der beiden bestand neben ihren fachspezifischen Tätigkeiten darin, dem jeweils anderen Angestellten auf die Finger zu sehen, um einem weiteren Schaden für die Firma vorzubeugen. Als diese Maßnahmen unter Dach und Fach gebracht worden waren, musste er sich überlegen, wie es mit der Firma weitergehen sollte. Darüber wollte er in erster Linie mit Renate reden. Obwohl sie sich wieder mehr um die Firma kümmern konnte und ihre alten Aufgaben der Werbung und der Vermarktung wahrnahm, war auch sie in einem Alter, in dem man sich um die persönliche Zukunft Gedanken machen musste. Friedrich und sie trafen sich mehrmals zu einem Gespräch, das sie entweder zu Hause oder in einem Café führten.

Letztendlich kristallisierten sich zwei Möglichkeiten heraus, die Sinn machten, das florierende Werk weiterzuführen. Da die Schraubenfirma wirtschaftlich hervorragend aufgestellt war und nicht sofort eine Lösung für die Weiterführung ins Auge gefasst werden musste, war bei einem etwaigen Verkauf, der gut vorbereitet sein musste, sicherlich ein sehr großer Gewinn zu erwarten. Die Frage dabei war nur, wer so viel Geld hatte und es für eine Firma ausgeben wollte. Die andere Möglichkeit bestand darin, Renate als alleinige Geschäftsführerin zu bestellen. Friedrichs Schwester war mit keiner der beiden Lösungen so richtig einverstanden. Sie wollte, dass die Firma in Familienhand blieb, sah aber ein, dass aufgrund ihres Alters sich die Frage nach dem Weiterbestand des Werkes in zehn bis fünfzehn Jahren neu stellen würde. Schlussendlich zogen sie noch einen Notar zu Rate, der ihnen riet, die Firma an Renates Kinder weiterzugeben, wobei Friedrichs Schwester und ihr Mann Vormund von Lena und Jonatan bis zu ihrer Volljährigkeit waren. Natürlich gab es keine Garantie dafür, dass der Neffe und die Nichte oder wenigstens einer von ihnen einmal die Firma übernehmen wollten. Aber diese Lösung schien besser zu sein, als die Firma zu veräußern. Sie ließen Dr. Weißmann ein Konzept ausarbeiten, in dem er alle Für und Wider dieser Lösung deutlich gegenüberstellen sollte. Nach zwei Monaten hatte der Notar dieses fertiggestellt und nur zwei Wochen später wurde es von Friedrich unterzeichnet. Da Renate sich in ihrem jugendlichen Überschwang nach dem Tod ihres Vaters ihren Firmenanteil in bar ausbezahlen lassen hatte, hatte sie keine Anteile mehr an der Firma. Trotzdem bedachte der Chef seine Schwester finanziell in dem Vertrag. Langsam zog sich Friedrich aus dem Tagesgeschäft der Firma zurück. Zuerst stunden-, manchmal auch tageweise, bis er schließlich nur noch halbtags arbeitete. Da Beate auch noch im Museum arbeitete, widmete er einen Teil seiner frei gewordenen Zeit dem christlichen Bibelkreis, der in den letzten Jahren gewachsen war. Waren alle Mitglieder versammelt, wurde es in den Räumen der ‚Bäckerei' zu eng und auch dort standen organisatorische Veränderungen an.

Beate stand noch voll im Arbeitsleben. Da einige kleinere Museen im Umkreis geschlossen worden waren, hatte sie deren Aufgaben übernehmen müssen, sodass sie mit ihrer Arbeit voll ausgelastet war. Schon lange hatte sie den Wunsch gehegt, einen längeren Urlaub zu nehmen und schlussendlich konnte sie es so einrichten, dass sie drei Wochen am Stück freibekam. Sie wurde von einer Kunststudentin vertreten, die sie einen Monat vor Urlaubsantritt intensiv einarbeitete. Längerfristige Veranstaltungen hatte sie noch selbst in die Wege geleitet. Es war Beates Wunsch seit Jugendtagen gewesen, einen Urlaub in der Karibik zu verbringen, um neue Kulturen und Menschen kennenzulernen. Friedrich wäre lieber in Europa geblieben, aber seiner Frau zuliebe buchten sie ein Hotel in der Dominikanischen Republik. Die Buchung des Hotels und der Flüge überließ er seiner Sekretärin. Schon Monate vor dem Urlaubstermin suchten sie in Katalogen und im Internet nach geeigneten Ausflugszielen. Denn sie wollten die beiden Wochen nicht nur faulenzend am Meer verbringen, sondern sich das Land ansehen. Bei der Buchung wurde von der Sekretärin auch eine umfangreiche Versicherung abgeschlossen, um Unannehmlichkeiten wie Krankheit oder Diebstahl abzufedern. Denn jede größere Reise barg natürlich auch gewisse Risiken. Daher informierten sie sich auch bei ihrem Hausarzt über eventuelle Krankheiten und Impfungen. Sie ließen sich gegen Gelbfieber, Typhus, Cholera und noch einige andere Krankheiten impfen. Endlich war der Tag der Abreise gekommen. Renate brachte ihre Verwandten zum Hauptbahnhof der Landeshauptstadt. Von dort ging es direkt mit dem Zug zum Flughafen in der Nähe von Wien. Als sie endlich nach den üblichen Formalitäten ins Flugzeug stiegen, fiel eine gewisse Unruhe von ihnen ab und sie fingen an, sich zu entspannen. Der Flug verlief ohne jegliche Unregelmäßigkeiten. Das Essen, das sie serviert bekamen, schmeckte ihnen beiden und Beate sah gerne aus dem Fenster. Friedrich vertrieb sich die vielen Stunden mit Lesen. Weder dachte er an die Firma noch Beate an ihre Arbeit im Museum. Als sie in der Hauptstadt ihres Urlaubszieles in Santo Domingo landeten, verzögerte sich aus welchen Gründen auch immer die Abfertigung am Flughafen um zwei Stunden. Dies bereitete den beiden Urlaubern nach dem langen Flug Unbehagen. Endlich konnten sie in den

Bus steigen, der sie nach ungefähr einer Stunde zum gebuchten Hotel brachte. Nachdem auch an der Rezeption des Hotels die Formalitäten erledigt waren und sie den Zimmerschlüssel erhalten hatten, fuhren sie mit dem Lift in den dritten Stock. Als sie zu ihrem Zimmer kamen, stand das Gepäck bereits vor der Tür und sie brauchten es nur ins Innere zu tragen. Sie sahen sich im Raum um und verließen diesen bald wieder, um im Speisesaal einen Imbiss zu nehmen. Richtigen Hunger hatten sie keinen und beide waren bald wieder in ihrem Zimmer, wo sie nach dem anstrengenden Flug und der Busfahrt bald einschliefen.

Am nächsten Tag studierten sie nach einem ausgiebigen Frühstück die angebotenen Ausflüge und buchten gleich für die beiden nächsten Tage eine Fahrt in die Hauptstadt und für den darauffolgenden Tag eine zur ‚Laguna de Limon‘. In Santo Domingo besuchten sie zuerst die historische Altstadt der Zona Colonial, in der es neben der Stadtmauer und den gepflasterten Straßen viele alte Häuser aus dem 16. Jahrhundert zu bewundern gab. Nach einem ausgiebigen Mittagessen in einem überfüllten Lokal ging die Führung weiter zur Kathedrale, zum Alcazar de Colon und zum Columbus Park. Am nächsten Tag startete die Fahrt bereits um 7.00 Uhr. Im Bus ging es zum Zwischenstopp in Miches, wo die Reisenden auf einen Truck umstiegen. Es dauerte nicht lange, bis die Reisegruppe bei einer Bauernfamilie haltmachte, wo sie viel Wissenswertes über Kaffee, Kakao und Bananen erfuhr. Nach der Verkostung eines köstlichen Kaffees ging es weiter zum Montana Redonda. Von der Spitze des Berges hatten die Urlauber einen wunderbaren Blick auf den Atlantik mit seinen vielen Lagunen. Nach einem umfangreichen Mittagsbuffet im Tal wechselten die Ausflügler teilweise auf Pferde, die anderen setzten die Fahrt zum Strand mit dem Truck fort. Nach einer längeren Ruhepause, die zum Fotografieren oder Baden einlud und für ausgiebige Spaziergänge genutzt wurde, war es Zeit, wieder zum Hotel aufzubrechen. Die beiden nächsten Tage verbrachte das Paar am Meer und für den fünften Urlaubstag buchten sie einen Ausflug zum dreitausendundsiebenundachtzig Meter hohen Pico Duarte, der in einem Nationalpark liegt. Die Fahrt warb mit dem Versprechen, an keinem der vielen Souvenir-Shops zu halten. Doch aus diesem Ausflug sollte nichts werden. Am Morgen des nächsten Tages klagte Beate über heftige Schmerzen und sie war sich sicher, hohes Fieber zu haben. „Du kannst natürlich mitfahren", meinte Beate zu Friedrich, „ich komme schon alleine zurecht." Friedrich nahm dieses Angebot natürlich nicht an, denn er wollte seine Frau in dieser Situation nicht alleine lassen. Er organisierte über die Hotelrezeption den Besuch eines Arztes und brachte Beate aus dem Speisesaal, in dem er hastig frühstückte, heißen Tee und eine Kleinigkeit zu essen. Nach einer guten Stunde kam der Arzt, der sehr gut Englisch sprach und vorher in zwei anderen Hotels Krankenbesuche gemacht hatte, vorbei und untersuchte Beate gründlich. Er erkundigte sich genau nach den Symptomen und etwaigen Impfungen und war erstaunt, wie umfangreich sie vorgesorgt hatten. Nach einer nochmaligen Untersuchung erklärte er der Patientin, dass diese Krankheit sehr wahrscheinlich durch das Chikungunya-Virus, das durch Stechmücken übertragen wird und gegen das es keine Impfung gibt, hervorgerufen worden war. Des Weiteren wies er darauf hin, dass die Schmerzen noch zunehmen werden und dass Schmerzmittel auf der Insel hauptsächlich auf dem Schwarzmarkt, und das zu weit überhöhten Preisen, erhältlich waren. Eine Packung des Medikaments konnte er ihnen gleich zu einem akzeptablen Preis verkaufen. Abschließend riet er Friedrich, die Patientin nach Hause zu bringen, sollte der Krankheitsverlauf sich nicht verbessern. Da das Fieber kontinuierlich stieg und trotz mitgebrachter fiebersenkender Mittel eine Temperatur von über neununddreißig Grad Celsius anzeigte, setzte sich Friedrich, der sehr besorgt war, telefonisch mit dem Institut für Reise- und Tropenmedizin in Wien und mit seiner Versicherung in Verbindung. Da ihm auch das Institut, von dem er sich gut beraten fühlte, riet, die Rückreise in die Heimat anzutreten und für Beate ein spezielles Krankenhaus für Tropenkrankheiten zu suchen, setzte er sich nochmals mit der Versicherung in Verbindung. Diese sagte zu, die Kosten für eine Heimholung zu übernehmen und sich um die Organisation zu kümmern. Friedrich selbst konnte mit dem gleichen Flugzeug seine Heimreise antreten, musste aber einen finanziellen Beitrag dafür leisten. Schwieriger gestaltete sich jedoch der Krankentransport vom Hotel zum Flughafen. Baumgartner, der selbst nicht so gut Englisch sprach wie seine Frau, tat sich bei der Verständigung mit dem Rettungsdienst über den Zustand der Patientin schwer. Schließlich klappte das Gespräch nach der Zahlung eines nicht unerheblichen Trinkgeldes dennoch. Nach einem halben Tag kamen die beiden am Flughafen Wien-Schwechat an, wo bereits ein Krankenwagen und der Notarzt warteten. Nach einer Erstuntersuchung wurde Beate ins Allgemeine Krankenhaus Wien, kurz AKH genannt, gebracht. Ihr Zustand hatte sich bereits so verschlechtert, dass sie sofort auf die Intensivstation eingewiesen wurde. Vom allgemeinen Geschehen im Krankenhaus bekam Friedrich kaum etwas mit, so sehr sorgte er sich um seine Frau. Obwohl ihm die Ärzte versichert hatten, dass dieses Virus nur in Ausnahmefällen zum Tod führt, geschah am 15. September um 17.48 Uhr, dem fünften Tag des Aufenthaltes im Krankenhaus, das fast Unmögliche: Beate verstarb an multiplem Organversagen. Friedrich, der in der unmittelbaren Nähe des Krankenhauses ein Hotelzimmer gebucht hatte, wurde sofort von der Stationsschwester informiert. Postwendend fuhr er ins AKH, wo es einiges an Organisatorischem zu regeln gab. Sehen wollte er die Tote nicht mehr, denn es war ihm ein Anliegen, sie so in Erinnerung zu behalten, wie er sie im Urlaub erlebt hatte. Die Anrufe bei seiner Familie, bei Beates Bruder und bei Otto Slamer riefen große Bestürzung hervor, da niemand mit so einer Entwicklung gerechnet hatte. Baumgartner brach sofort nach Hause auf und zog sich in sein Tiny-Haus zurück, von wo aus er die Beerdigung regelte und sich sein Essen bestellte, das man ihm täglich von einem Gasthaus lieferte. Wieder verließ er für einige Tage nicht das Haus, telefonierte jedoch ausgiebig mit Renate und Otto, den er bat, die Begräbnisfeierlichkeiten auszurichten. Daher traf er sich mit Otto Slamer in einem Kaffeehaus, um über Beates und ihr gemeinsames Leben als Ehepaar zu erzählen. Dieses Zusammentreffen ließ ihn sein kurzes Einsiedlerleben beenden, um sich wieder in die menschliche Gemeinschaft zu wagen. Langsam und ereignislos vergingen die Tage bis zum Begräbnis. Natürlich sollte Beate in der Familiengruft der Baumgartners bestattet werden. Friedrich Baumgartner senior hätte wohl vermerkt, dass nur eine standesgemäße Ruhestätte infrage kam.

Wieder einmal hatte Renate alles rund um das Begräbnis vorbereitet. Sie hatte sich um die Aufbahrungshalle, den Blumenschmuck und das Gasthaus für den Leichenschmaus gekümmert. Dafür hatte sich Friedrich schon im Vorfeld um das Behördliche, den Sarg und die Zimmer für die anreisenden Gäste aus der Schweiz gesorgt. Marc und seine Familie wurden in der Wohnung des großen Familienhauses, das nun niemand mehr ‚die Villa‘ nannte, untergebracht. Beates Freunde aus der christlichen Gemeinschaft, in der Friedrich seiner Frau den Heiratsantrag gemacht hatte, mussten auf Pensionen und kleinere Hotels ausweichen. Denn es war eine große Anzahl von Freunden aus dem Ausland angereist. Die Begräbnisfeierlichkeiten wurden von Otto Slamer geleitet, der auch die Predigt hielt. Diesmal würde es kein Konkurrenzdenken wie vor einigen Jahren bei der Beerdigung von Frau Helene geben. Der musikalische Teil der Feier wurde vom Chor der ‚Bäckerei‘ und von Josef, Renates Mann, am Klavier gestaltet. Nachdem Marc und Renate das Leben von Beate im Zeitraffertempo vorbeiziehen hatten lassen, sang der Chor zwei moderne christliche Lieder, die aber nicht wie so oft mit Allgemeinplätzen gefüllt waren, sondern echten Tiefgang hatten. Friedrich war es bisher verborgen geblieben, dass Josef ein so großes Talent für das Klavierspiel an den Tag legte. Zumindest empfand er es zum ersten Mal so. Bevor Otto mit seiner Predigt begann, wies er darauf hin, dass er auf das ‚Sie‘ verzichten und die Trauergemeinde mit ‚Du‘ ansprechen werde.

„Natürlich werdet ihr alle traurig sein", begann er seine Predigt, „denn ihr habt Frau, Schwester, Tante und eine liebe Freundin verloren. Und es ist natürlich normal, in solch einer Situation traurig zu sein. Aber das Leben ist für Beate noch nicht zu Ende, sondern sie erlebt jetzt den besseren Teil ihres Daseins. Denn sie hat sich seit jungen Jahren nicht von der frohen Botschaft der Vergebung durch den Tod und die Auferstehung Jesu Christi abbringen lassen. Sie hatte durch das Studium des Alten Testaments gelernt, dass diese Ereignisse schon Jahrhunderte vor seiner Geburt vorausgesagt worden waren und kein zufälliges Geschehen war. Die Auferstehung, die in Raum und Zeit geschah und daher ein geschichtliches Ereignis war, hätte von den Aposteln und fünfhundert seiner Anhänger, denen er nach seiner Auferstehung erschienen war, bezeugt werden können. Wie ist es möglich, dass manche Menschen, selbst Theologen, behaupteten, dass es keine Auferstehung Jesu gegeben habe? Denn wäre Christus nicht auferstanden, so wäre der Glaube an ihn sinnlos und ohne Belang für unsere Zukunft. Aber Beate hatte seit der Zeit, als sie durch das Zeugnis eines Ehepaares aus Österreich Jesus Christus ihr Leben übergeben hatte und die neue Geburt durch den Heiligen Geist erlebte und diese ihr Leben komplett veränderte, treu an dem Glauben an den auferstandenen und verherrlichten Christus festgehalten. Denn für sie war das Leben in der Gemeinschaft mit dem lebendigen Gott keine Illusion oder eine psychologische Krücke gewesen. Sie wusste, wie Hiob, dass ihr Erlöser lebt. Und ich bin der Überzeugung, dass sie jetzt nicht enttäuscht ist", erklärte Otto Slamer mit Nachdruck.

„Der Tod", so sprach er weiter, „ist infolge der Sünde der ersten Menschen in diese Welt gekommen und hat sich in den nachfolgenden Geschöpfen fortgepflanzt. Die Geschichte der Menschheit wurde durch die sich ausbreitende Sünde immer mehr entstellt und jegliche Ideologie oder Hoffnung, die auf die Verbesserung der Menschheitsgeschichte durch eigene Anstrengungen wie soziale Veränderungen oder Bildung setzt und eine vollkommene Gesellschaft schaffen will, leidet an einem großen Irrtum und wird die Menschen immer wieder enttäuschen. Das entbindet Christen aber nicht, schon jetzt nach dem Willen Gottes zu handeln und seinen Geboten gemäß zu leben. Bei allen Unzulänglichkeiten und Schwächen, mit denen Beate in ihrem Leben zu kämpfen hatte, war sie eine Person, die in ihrem Leben Gott über alles und ihre Nächsten wie sich selbst geliebt hat. Weil Jesus Christus alles für uns getan hat und wir seinem Opfer nichts hinzufügen können, erwartet Gott von seinen Kindern, dass sie sich nicht vom richtigen Weg abbringen lassen, dass sie sich für die Sache Gottes einsetzen, der Sünde widerstehen und die richtigen Entscheidungen in ihrem Leben treffen. Denn dann werden die Christen Unsterblichkeit erleben und einen unvergänglichen Körper erhalten, der ganz anders und ohne Sünde sein wird. Dann wird es heißen: Tod, wo ist dein Sieg, Tod, wo ist dein tödlicher Stachel." Mit diesen Worten beendete Otto Slamer seine Rede. Danach sangen die Anwesenden gemeinsam das Lied ‚Amazing Grace' und damit war die Trauerfeier beendet. Das Lied handelte von der Gnade Gottes, die die Menschen zur Umkehr, zur Buße führt und durch das Leben begleitet. Jeder wurde zum Leichenschmaus eingeladen und daher war es notwendig geworden, die Geladenen auf zwei Säle aufzuteilen. Lange unterhielten sie sich über Ottos Ansprache, die die meisten von ihnen innerlich ergriffen hatte und ihre Hoffnung auf ein Leben nach dem Tod stärkte.

Nach Beates Tod verlegte Friedrich seinen Wohnsitz ganz in das Tiny-Haus. Seine Wohnung im großen Haus wurde auf unbestimmte Zeit dem Hausmeister der Firma zur Verfügung gestellt. Da diese einen eigenen Eingang hatte, war diese Regelung für Renate, Josef und die Kinder kein Problem. Und es hatte auch eine gute Seite, nämlich die, dass der Hausmeister sich nun auch um die Angelegenheiten, die rund um das Gebäude anfielen, zu kümmern hatte. Dies brachte der Familie Berger mehr Freizeit, denn obwohl Lena und Jonatan heranwuchsen und selbstständiger wurden, brauchten sie trotzdem noch die Fürsorge und

Aufmerksamkeit ihrer Eltern. Friedrich zog sich nach dem Tod seiner Frau aus dem Tagesgeschäft in der Firma zurück. Diese Aufgaben wurden nun vollends dem Buchhalter und dem Controller übertragen. Der Chef vertrat die Firma lediglich nach außen, sprach mit Lokalpolitikern und mit Behördenvertretern. Sollte es sich dabei jedoch um Probleme der Fertigung oder Werbung handeln, zog er vorher seine Sachverständigen zu Rate oder überließ ihnen die Verhandlungen gleich selbst. Die gewonnene Freizeit verbrachte er aber nicht mit Taubenfüttern oder irgendwelchen Hobbys, sondern widmete sie den Angelegenheiten des Hauskreises. Denn auch dort standen Veränderungen an. Da die Gemeinschaft in letzter Zeit stark gewachsen war, wurde es in der ‚Bäckerei‘ zu eng. Zwei Möglichkeiten wurden besprochen: die Teilung der Gruppe oder ein neues, größeres Gebäude für alle Mitglieder zu mieten. Als sich die meisten des Hauskreises für eine Teilung entschieden, bot Friedrich die Gratisbücherei in der Firma als zweiten Treffpunkt an. Hier zeigte sich Beates Weitsicht, die in den Räumen der Bücherei auch eine Küchenzeile und einen Aufenthaltsraum geplant hatte. Nach der Teilung des Bibelkreises, die natürlich freiwillig erfolgte, suchte man einen Leiter für diese Gruppe. Die Wahl fiel auf Friedrich, der anfangs Bedenken hatte, da er so eine Funktion noch nie ausgeübt hatte. Aber als Otto Slamer versprach, ihm mit Rat und Tat zur Seite zu stehen, nahm Baumgartner die Aufgabe an. So waren die beiden Zimmergenossen aus dem Krankenhaus zuerst Freunde und schließlich Leiter der gleichen Gemeinschaft geworden, die sich jetzt an zwei Orten traf. In der ersten Woche jeden zweiten Monats wurde der Sitzungssaal der Gemeinde angemietet, sodass die beiden Kreise wieder vereint die Bibel lesen und beten konnten. Diese Lösung hatte sich dann im Lauf der Zeit tatsächlich bewährt und man war froh, sie so getroffen zu haben. Nun gab es neben der ‚Bäckerei‘ auch die ‚Bücherei‘. Diese wurde mit Tonträgern von Predigten und Vorträgen zu den verschiedensten Themen des Alltags aus christlicher Sicht erweitert. Natürlich stand die Bücherei auch weiterhin den Angestellten der Firma zur Verfügung, ebenso wie den beiden

Bibelkreisen. Durch diese Regelung lernten die beiden Gruppen einander näher kennen und das führte zu vielen Gesprächen, bei denen so mancher Dienstnehmer zum Glauben an Jesus Christus fand.

Hier beenden wir unsere Erzählung aus dem bewegten Leben der Familie Baumgartner und ihres wirtschaftlichen Schaffens mit all seinen Höhen und Tiefen. Friedrich Baumgartner hätte natürlich noch ergänzt, dass für ihn rückblickend sein Wirken im Hauskreis sein wahres Lebenswerk sei. Aber dies war nur seine persönliche Perspektive. Und da es nun nicht mehr viel zu berichten gibt, heißt es abschließend:

Fortsetzung folgt nicht

Epilog

Recht herzlichen Dank für Ihre Antwort. Mit einer raschen Beantwortung meiner E-Mail hatte ich nicht gerechnet, da ich davon ausging, dass Sie eine Menge Post erhalten. Da Sie sich eine detailliertere Darlegung gewünscht hätten, möchte ich dies bruchstückhaft nachholen und auf meine Bücher verweisen.

Dass wir als Christen Verantwortung haben, die Schöpfung zu bewahren, ist eine Seite. Aber dass wir durch den Sündenfall in Raum und Zeit in einer gefallenen Welt leben, kann man auch nicht wegdiskutieren. Einen paradiesischen Zustand gibt es nicht mehr und können die Menschen auch nicht mehr herstellen. Daher vertrauen wir, dass Gott einen neuen Himmel und eine neue Erde schaffen wird. Aber es ist nicht die Kernaufgabe der evangelischen Kirche, für den Umweltschutz einzutreten. Der Kernauftrag der Kirche besteht im Gehorsam an den Missionsbefehl, der am besten im Matthäus-Evangelium Kap. 28, V 19ff dargelegt wird. Das größte Dilemma jedes Menschen besteht darin, dass er von Gott mit allen irdischen und ewigen Konsequenzen getrennt ist und es ist der Auftrag der Kirche, den Menschen zur Versöhnung mit Gott zu führen. Aus einem geheiligten Leben entsteht dann auch eine andere Sicht für die Schöpfung und seinen Nächsten gegenüber. Das ist die richtige Reihenfolge ...

... was der Mensch des 21. Jahrhunderts in unserer nachchristlichen Welt braucht, ist Orientierung und nicht noch einen zusätzlichen Sozialverein ...

... Martin Luther würde wohl sagen: Wir brauchen eine neue Reformation.

Abschließend möchte ich auf meine im novum Verlag erschienenen Bücher ‚Fünf Minuten nach zwölf' sowie ‚Mitternacht der Welt' hinweisen.

HERZ FÜR AUTOREN A HEART FOR AUTHORS A L'ÉCOUTE DES AUTEURS MIA KAPΔIA ΓIA ΣYΓΓP
A FÖR FÖRFATTARE UN CORAZÓN POR LOS AUTORES YAZARLARIMIZA GÖNÜL VERELIM SZÍ
PER AUTORI ET HJERTE FOR FORFATTERE EEN HART VOOR SCHRIJVERS TEMOS OS AUTO
ZÖINKERT SERCE DLA AUTORÓW EIN HERZ FÜR AUTOREN A HEART FOR AUTHORS A L'ÉCOU
ЛЮ ВСЕЙ ДУШОЙ К АВТОРАМ ETT HJÄRTA FÖR FÖRFATTARE Á LA ESCUCHA DE LOS AUTOR
MIA KAPΔIA ΓIA ΣYΓΓPAΦEIΣ UN CUORE PER AUTORI ET HJERTE FOR FORFATTERE EEN H
ARIMIZA ERZÖINKÉRT SERCE DLA AUTORÓW EIN HERZ FÜR
SCHR OS A CORAÇÃO ВСЕЙ ДУШОЙ К АВТОРАМ ETT HJÄRTA FÖF

Der Autor

Erich Skopek, 1954 in St. Pölten, Österreich, geboren, besuchte nach dem Abitur im humanistischen Gymnasium die Gartenbaufachschule und schloss diese mit der Prüfung zum Gärtnermeister ab. 1987 sattelte er um und bearbeitete Insolvenzen und Rechtsangelegenheiten bei einer Versicherung. Schon als junger Mensch schrieb er Gedichte und produzierte Sendungen für den Evangeliumsrundfunk. Neben Lesen und Malen gehört auch das Reisen zu seinen Leidenschaften, zum Beispiel für acht Monate nach Indien, wohin er sich nach seiner Matura aufmachte. Inzwischen im Ruhestand, ist er ein Suchender geblieben, der sich mit drängenden lebensweltlichen und sozialpolitischen Fragen auseinandersetzt. Nach „Fünf Minuten nach zwölf" sowie „Mitternacht der Welt" erscheint mit „Fortsetzung folgt – nicht" bereits sein drittes Buch im novum Verlag.

Der Verlag

*Wer aufhört
besser zu werden,
hat aufgehört
gut zu sein!*

Basierend auf diesem Motto ist es dem novum Verlag
ein Anliegen, neue Manuskripte aufzuspüren, zu veröffentlichen und deren Autoren langfristig zu fördern.
Mittlerweile gilt der 1997 gegründete und mehrfach
prämierte Verlag als Spezialist für Neuautoren in
Deutschland, Österreich und der Schweiz.

**Für jedes neue Manuskript wird innerhalb we-
niger Wochen eine kostenfreie, unverbindliche
Lektorats-Prüfung erstellt.**

Weitere Informationen zum Verlag und
seinen Büchern finden Sie im Internet unter:

www.novumverlag.com

Erich Skopek

Fünf Minuten nach zwölf

Die unbekannte Weisheit

ISBN 978-3-99131-352-6
62 Seiten

Ohne Scheuklappen übt der Autor Kritik an den derzeitigen Strömungen in Gesellschaft und Kirche. Entwickeln sich diese wie bisher, werden die Folgen schwerwiegend sein. Dieses Buch soll davor warnen.

Erich Skopek

Mitternacht der Welt

Born after midnight

ISBN 978-3-99131-956-6
98 Seiten

Es ist das Jahr 2098. Eine Zeit des Umbruchs und Wiederaufbaus beginnt. Inmitten des Chaos eines gestürzten Systems will Felix Novak Ordnung schaffen: Ordnung in der Gesellschaft, aber auch im eigenen Leben, der Liebe und vor allem in seinem Glauben.